河川成长小说系列

不会哭泣的鱼

[日]阿部夏丸 著　王蕴洁 译

中信出版集团 | 北京

图书在版编目（CIP）数据

不会哭泣的鱼 /（日）阿部夏丸著；王蕴洁译 . --
北京：中信出版社，2019.7（2020.3重印）
ISBN 978-7-5217-0369-6

Ⅰ . ①不… Ⅱ . ①阿… ②王… Ⅲ . ①儿童故事－日
本－现代 Ⅳ . ① I313.85

中国版本图书馆 CIP 数据核字 (2019) 第 064999 号

不会哭泣的鱼
（河川成长小说系列）

著　　者：[日] 阿部夏丸
译　　者：王蕴洁
出版发行：中信出版集团股份有限公司
（北京市朝阳区惠新东街甲 4 号富盛大厦 2 座　邮编　100029）
承 印 者：北京联兴盛业印刷股份有限公司

开　　本：880mm × 1230mm　1/32　　印　　张：7.75　　字　　数：122 千字
版　　次：2019 年 7 月第 1 版　　印　　次：2020 年 3 月第 2 次印刷
京权图字：01-2019-3295　　广告经营许可证：京朝工商广字第 8087 号
书　　号：ISBN 978-7-5217-0369-6
定　　价：45.00 元

服务热线：400-600-8099
投稿邮箱：author@citicpub.com

作者的话

我是个超级大懒虫，至于我有多懒，你们听我说一件事就知道。我儿子读小学一年级，他在玩动物游戏时说：“爸爸，我当兔子，你当树墩。”但是，我也有自己引以为傲的事。

我去河边钓鱼时就不再是懒洋洋的树墩了，不仅两只眼睛好像翠鸟的眼睛般发亮，灵活的身形就连山猫都会被吓到。

每次带儿子去钓鱼，我都很神气地问他：“怎么样？”所以，我完全不会因为自己平时的懒惰而感到难为情。

然而说到难为情，其实有几句话一直让我感到很难为情，那就是时下流行的“善待大自然”“善待地球”这几句话。

我很喜欢上山或是去河里玩，却从来没有想过要“善待大自然”这件事。对大自然来说，“人类的善待”其实很无力，也没用，我相信那是打着领带的大叔在办公桌前想出来的广告词。

前几天，我遇到这样一件事。

我带着儿子一起去钓鱼，听见一位母亲和她儿子之间的对话。

“把这只小龙虾放回去吧？”

“我不要。”

“带回去也没用啊。”

“我要养！”

“反正早晚会死啊。”

“不要，我要养！”

“听我说，我们要保护大自然，不能随便把它们带回家或是弄死它们。”

“不要嘛，我要养……”

“你是个乖孩子，对不对？”

“不要嘛，我要养……”

那位母亲抢走哭喊的孩子手上的水桶，将小龙虾倒进了水池。

“你看，小龙虾也很开心。”

当时，我很想对那位母亲说：“等一下！”

虽然我无意对这位母亲说什么，却发自内心地同情那个孩子。

我小时候曾经夺走无数小龙虾和蝌蚪的生命，但小龙虾和青蛙从来没有写信来向我抗议。大自然对小孩子的捣蛋行为很宽容，姑且不谈那些因为私人利益破坏山林和河川的大人，小孩子应该多走到户外，接触昆虫、花草和鱼这些小生命。看到昆虫就抓，看到路边的野花就摘，大自然不会因为小朋友的这些行为而受到影响。但我并不是提倡小朋友动手破坏，千万不要搞错了。

我在读小学时，曾经和其他三个同学把堤防上的百合花全都摘了下来，总共摘了几百朵花，然后躺在上面睡午觉。结果被大人狠狠骂了一顿：“堤防上的百合全毁了！”我们这些捣蛋鬼全都被骂得号啕大哭，但是我至今仍然无法忘记那些百合花的浓烈香气。长大之后，我也没有打算再做这种事。最让我惊讶的是，翌年的堤防上，绽放了比一年前更多的百合花。

小朋友来到野外，眼睛都会闪闪发亮，他们看到的事物比大人看到的多一百倍。回想往事，我也曾经有过那种眼神，所以长大后，我用相同的方式试图找回幼年时的眼神，似乎真的看到了一些东西，但是还差得很远呢！

河川三部曲就是在这种心情下创作出来的，其中，《不会哭泣的鱼》更是处女作。

阿部夏丸

目 录

第三部　金爷爷的鱼

第一部

筑堰抓鱼

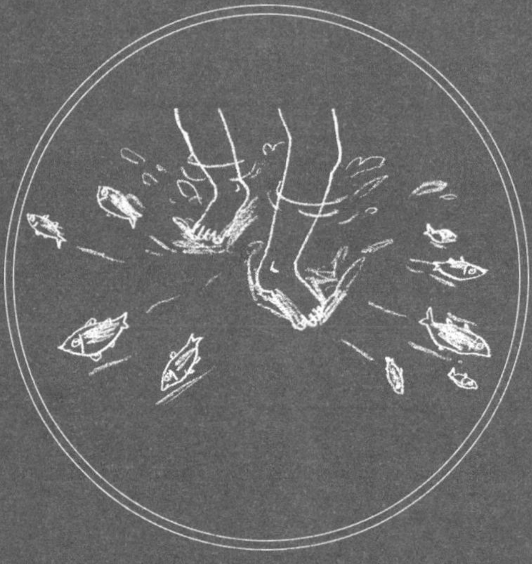

筑堰抓鱼

“健司，明天要去筑堰抓鱼！”成濑明良对我说。

“好啊，去啊去啊！”我二话不说就答应了。

七月的校园，烈日似火。明天是星期天，我正想痛快玩一玩，一听到他的邀约，心情立刻雀跃起来。

筑堰抓鱼就是用石头、泥土或是沙包在小河筑起堰堤，把水流堵住，再用水桶把水舀干后抓鱼的方式。和钓鱼相比，收获大太多了，也不需要运气、工具或技术，只要愿意流汗肯花力气，就一定会有收获。

明良把贴了很多漫画贴纸的书包挂在单杠的一角说：

“不过，只有我们两个人好像太少了。”

“对啊，筑堰超累人的。”

“最好再找两个人一起。”

“找雅秋吧，他一定会答应的！”我很有自信地说。

“那还缺一个人。”

“敦史怎么样？”我提议。

“不行，不行，他会告诉他妈。”明良立刻反对找敦史加入。

我们每次都去妖怪水车那里筑堰抓鱼，因为学校规定学生不能去那里，所以筑堰抓鱼必须秘密行动。让大嘴巴的敦史加入，一定会坏事。

在上次“把狗屎放在道子书包事件”中，敦史禁不起老师引导式的问话，最后招认了实话，可把明良害惨了。虽然明良做这种事本来就不对，但他从此对这件事耿耿于怀，觉得敦史“不像个男人”。

“那就只好找雄治了。”明良说。

“雄治？”

“不管怎样，也算是个人手啊。”

“那倒是。”

最后，我们决定找雄治同行。雄治是我们班上的同学，同住在桑原村，个子矮小，性格很文静。他人不错，唯一的弱点就是功课太好，还有他居然穿三角小内裤。我们男生多半都穿白色大内裤，之前身体检查，大家第一次看到他穿三角小内裤时都觉得超惊讶。

“啊，雄治穿女生的内裤！”

不知道谁说了这句话，从此决定了雄治在学校生活中的地位。

放学的钟声一响，我们就去操场排队，像往常一样走出校门。明良和雅秋走在前面，我走在他们后面，雄治跟在我后面。虽然从来没有讨论过，但似乎时间一久，自然就形成了这样的队伍。

明良是行动派，是我们这几个人中带头的，雅秋是在沿途发现各种新奇事物的天才。他们经常问我的意见，再由我依据常识来判断。

比方说，曾经发生过这样一件事。某天放学回家的路上，雅秋像往常一样，眼尖地发现了豆腐店庭院内的石榴红了，他模仿大人的语气说：

“啊哟，石榴红了，已经是秋天了呀。”

于是，明良就大步走到树下，咻溜一声摘下石榴，然后才问我：

“健司，现在该怎么办？”

他每次都这样，如果他在摘石榴前问我，我还可以叫他住手，但他每次都在事情发生之后才征询我的意见。

“被逮到就惨了，还是放在树下吧。”我回答说。

“也对。”明良顺从地把石榴放在树下，然后立刻说，“雄治，那里掉了一颗石榴，你赶快去捡。”

雄治只好偷偷捡起石榴，跟在大家身后。

来到神社，明良叫大家围在一起，啪的一声掰开石榴，粉红色的颗粒掉了下来，明良一一捡起那些颗粒，说：

“现在还不能吃哦，等我分好再一起吃。”

虽然明良一副老大作风，也常把雄治当成奴隶使唤，但是在这种事上（尤其关于吃的问题），明良一定力求公平。也许是因为明良家里有五个兄弟，他在家中排行老大的关系。

结果第二天，不知道谁去向老师告了状，我们四个人全都被老师叫去，用竹刀打了三下屁股。老师虽然知道谁是主谋，却一视同仁地骂我们四个人，我们挨打的次数也一模一样。

当时雄治忍不住掉了泪，明良凶巴巴地对他说：

“大家一起做的事，不要一个人哭哭啼啼。”

这就是我们之间的关系。

从县道转入产业道路后，就可以直接通往我们住的桑原村。这条产业道路差不多一公里，路的尽头就是矢作川的堤防。

我们差不多走到一半，听到身后传来车子的声音。

“是乡长的车子。”雅秋说。

在桑原村，只有乡长家有私人轿车。乡长叫中野银造，是桑原村唯一的名人。我以前曾经听我爸说，桑原村是乡里面的偏僻村庄，能出一个乡长，简直就是奇迹。

我们这些小孩子虽然搞不懂这么复杂的事，但从他有私人司机，学校举办运动会时，他会坐在贵宾席上，听校长叫他“中野乡长”这几件事，就知道秃头中野银造是个大人物。

银造的黑色皇冠车在碎石路上扬起阵阵尘烟，车子开到距离我们将近一百米时，明良突然大叫：

“秃头来了，秃头来了，赶快躲起来！”

我和雄治蹲进路旁的草丛，一听见明良和雅秋喊“战斗！”，立刻趴在地上。

咕噜噜。

车子的声音越来越近。

雄治微微缩起脖子。明良和雅秋把身体压得更低了。

咕噜噜。

一辆黑色车子突然出现在眼前，转眼之间就消失了。我似乎隐约看到后车座一个光秃秃的脑袋。

车子一过，明良和雅秋立刻冲到路上，做出举枪射击的动作，嘴里喊着："呼！呼！呼！"

乡长的车子像是完全没发现我们，继续沿途扬着尘烟，驶向村庄的方向。明良等到车子走远了，丢了一块石头大喊着：

"王八蛋！你给我记住！"

第二天一大早，我就拎着水桶出门了。我们约在蚬川的新桥上见面。蚬川是和矢作川平行的一条四米宽左右的小河，新桥刚好架在村口的位置。也就是说，桑原村这个小村庄正好被两条河夹在中间。

我来到新桥时，发现其他人已经到了。

"健司，你这么晚才来？"明良叫了起来。

"啊？但现在还没到十点啊。"

"嘿嘿嘿，原来是我们来早了。"

"对啊，明良太兴奋了，九点就到了。"雅秋说。

听到雅秋这么说，明良尴尬地笑了起来。

我们都不约而同地坐在自己带来的水桶上，几乎每个人都带了铁皮大水桶，只有雄治拿的是奶粉罐。雅秋像平时一样调侃他："雄治，你还在喝奶粉吧？"

我很担心雄治会哭，没想到明良先开了口：

"雄治没什么力气，用小铁罐就好。"

雄治原先紧张不已，这下总算松了一口气。

雅秋发现自己的调侃没有奏效，立刻找其他话题来掩饰："今天的河水很少，很棒噢。"

"这一阵子都没下雨。"明良说着，探头向河面张望，我们也都从桥上探出身体往下望。河水非常清澈，可以清楚地看到河里一群群小鲫鱼、鲍鱼在游动，还有美国小龙虾的足迹和田螺爬行的轨迹。

"一定可以大丰收吧？"

"一定可以大丰收！"

"那就冲吧！"

"没理由不冲啊！"

雄治听着明良和雅秋的对话，呵呵笑了起来。

我们四个人往上游走去，来到妖怪水车前，首先要执行

雄治，你还在喝奶粉吧！
雄治没什么力气，
用小铁罐就好。

一个计划——偷麻袋。

筑堰抓鱼要用石头和泥土筑堰，河中有水流动，石头和泥土一下子就会被冲走，所以要先把泥土装进麻袋做成沙包挡住，不让河水流过。我们去年想到用沙包筑堰抓鱼的方式，最后大获成功。

“对了，麻袋去哪里弄？”雅秋问。

“只有银造家里有麻袋啊。”明良回答。

“万一被他发现，不是很惨吗？”雅秋不安地问。

“那就不要被他发现啊。”

明良似乎打算像去年一样，去乡长家的仓库偷麻袋。

乡长家在村庄东侧那棵大樟树前，院子里是一栋气派的房子，房子对面是一个大车库，旁边就是仓库。仓库里有耕耘机，还堆着一大堆稻草，而我们想要的麻袋就放在稻草后面。

“他家的麻袋堆得像山一样，偷他十几二十个，根本不可能被发现。”虽然明良这样讲，但老实说，我心里还是很害怕。

不光是我，每个人都很怕，我想就连明良心里应该也是毛毛的。因为一旦被乡长抓到，一状告到学校去，绝对让我们吃不了兜着走，这和偷柿子、西红柿不一样。

“听我说，我和雅秋找机会溜进去，健司负责把风。记住，如果有人来，就学猫叫。雄治留在这里捡我们从窗户丢出去的麻袋。”来到仓库后方的竹林时，明良清楚安排着每个人的工作。

“不会有事吧？”我担心地问。

“你注意看仔细就好了啦，喵呜。”雅秋故意对我学了一声猫叫。

雄治似乎吓得连话都说不出来了。

“走吧。”随着明良一声令下，他和雅秋两个人就消失在仓库门口。

只剩下我和雄治，感觉更加不安了。

“阿健，真的没事吗？”雄治蹲在地上问。

“你真胆小啊。”我逞强地说道，也跟着蹲了下来。

孟宗竹的竹林被风吹得沙沙作响，这片竹林只有上方长满了茂密的竹叶，下面则空荡荡的，我们两个人好像被关在竹子牢房里似的。

“如果被发现，会被警察抓吗？”

“不必担心啦。”

“但这是偷窃啊。”

这的确是偷窃行为，但是我们玩的游戏几乎都会跟偷窃扯上关系。偷西红柿和偷无花果，都是我们热爱的游戏，而且觉得偷来的东西最好吃。

我们是农家子弟，当然知道要珍惜农民流汗种出来的作物，但正因为是农家子弟，所以知道即使偷摘一两个果实，也不会造成太大的损失。

当小偷有当小偷的规矩，就是绝对不能留下证据。

去年偷摘工程行的柿子时就是这样。全村人都知道工程行的柿子又大又甜，我们当然不可能放过。照理说，用竹竿把柿子打下来就好，但明良坚持说：

“这里的柿子很特别，不能摔在地上，要用手摘。”

于是我们从神社搬了梯子去，可是摘了一大堆柿子后，却把梯子忘在原地就回家了。事情当然很快就败露，那天傍晚，我们全都被叫去工程行，跪坐在水泥地的房间被臭骂了一顿。回家之后，又被父母骂了一顿，但是我们觉得超好玩。相反的，如果被发现了，却迟迟没有挨骂，那种感觉反而让人心里毛毛的，也很不痛快。

不过，这次的情况不一样，我真心希望不要被人发现。

雄治突然慌张地说：

“阿健，你看那里！”

“啊！”

我顺着他手指的方向望去，不由得吓到了。一辆车子从竹林远方驶来，隔着绿色竹林缝隙看到的黑色车影，正是乡长的车子。

“不得了，要赶快告诉明良他们。”

我们连忙跑向仓库入口，但乡长的车子已在转眼之间驶进大门，开进仓库。

“喵呜，喵呜……”我小声发出猫哭的声音，步步后退。

“阿健，不会出事吧？”

“惨了吧，我不知道。”

“明良他们呢？”

“人都已经在仓库里了，我猜想他们也躲起来了。”

“砰”，传来关车门的声音。

“怎么办？”

我们不知道该怎么办，只好蹲在仓库后方，不时对着仓库的窗户“喵呜、喵呜”叫几声，但里面完全没有回应。

“真伤脑筋。”

“他们是不是被抓到了？”

这时，听到“啪嗒”一声，几个麻袋掉在雄治的头上。抬头一看，明良从窗户探出头，做出“嘘”的手势，然后他和雅秋两个人便不停地把麻袋一个个丢下来。

“你们先走。”

我们听从明良的指示，把麻袋夹在两侧腋下，像忍者一样沿着蚬川在堤防上奔跑。中途遇见一位爷爷正在割草，我们没打招呼就跑了过去。那位爷爷虽然露出纳闷的表情，但很快就继续低头干活。

我们冲进堤防上的芦苇丛中，倒在地上，急促地呼吸。草丛散发着热气，我们躺在草丛中，汗水滴滴答答地流。我努力克制着不安和紧张，以及因为快速奔跑而剧烈的心跳。过了一会儿，呼吸终于恢复平静，我对雄治说：

“我们去喝清水。”

雄治用力点了点头。

“明良他们很快就来了。”

我们拨开堤防上长长的杂草，沿着堤防往下走。

桥下埋着水泥管，随时都有清水涌出来。蚬川有不少地方会涌出清水，刚好桥下那里也有涌水口，有人在那里埋了水泥管。水泥管旁的竹竿上总是挂着空罐，村民都会来这里喝水。

我探头向水泥管里张望，掬起不断涌出的清水。

“咕噜”，我喝了一口，立刻感受到沁凉的水滑下喉咙。

“真好喝！雄治，你也来喝！”

雄治也像我一样咕噜喝了一口，水从他的嘴角流了下来，顺着他的喉咙慢慢浸湿他胸前的白色衬衫。

这时，突然“扑通”一声巨响，水花四溅。

“啊，好冰！”

明良和雅秋直接从桥上跳了下来。

“真是受不了，都是那个白手套，他停好车竟然就开始擦汽车窗户，害我们一直找不到机会溜出仓库。”

“万一他开始洗车，恐怕就得一直躲在仓库里出不来了。”两个人擦着汗说。

我们把拖鞋和鞋子塞进裤子皮带的后方，走向离桥一百米上游的妖怪水车。

“尽可能用力踩。”

“知道了。”

妖怪水车那里有一个堰堤，我们要把鱼赶去那里。

我们用力踩着水，追得一群鲍鱼落荒而逃，青蛙也立刻逃进草丛里。美国小龙虾钻进了河岸边用泥巴做的巢穴，伸出鲜红的螯钳示威。上游的水很清澈，下游的水已经混浊起来。我们简直就像是小河里的无赖。

“健司，有鱼。”

“嗯，好多，刚才就看到它们咻咻咻地往上游游去。”

“是吗？真期待啊！”

我们踩着水走了一会儿，来到位于村庄死角的位置，大家突然活力十足。大鲤鱼察觉苗头不对，看到我们的身影后，立刻转身逃向上游的方向，我们更加兴奋不已。

“绝对不能让鱼去下游，一定要把它们赶到堰堤下方。”

我们四个人排成一行前进，我和雄治走在中间，明良和雅秋走在两侧，无处可逃的鱼想要从河面的角落突破，全被我们挡住了去路，连一只蚂蚁都别想溜走。

“明良，别让鱼跑掉。”

“交给我吧。”

“好多啊！”

“继续赶，继续赶。”

被逼入绝境的鱼拼命逃窜，有的鱼甚至朝我们的脚撞了过来，也有的鱼难以置信地跳了起来。

“看我的！”雅秋把一条二十厘米左右的鲫鱼踢向岸边。

“等一下再抓，继续赶，继续赶。”

“到了，到了，到了！”

抬头一看，我们已经来到妖怪水车前。妖怪水车就在河的右岸，前方是用石头和沙包建的引水堰堤。堰堤的水落到水车右侧，发出“扑通扑通”的声音。所有的鱼除了少数侥幸逃到了下游，其余的都躲进了堰堤下方的深潭中，我们脚下已看不到任何一尾鱼。

“有不少鱼逃掉了。”我对明良说。

“赶过来这么多鱼，已经很棒了！”明良的眼神中难掩兴奋。

堰堤下方的深潭差不多是三块榻榻米横排的大小，那里的水流静止，有水草和西瓜蒂等垃圾浮在水面上，鱼都放心地躲在下面。

我们慢慢开始做沙包，二十分钟后，沙包完成，筑堰抓鱼也渐入佳境。确认底下的鱼完全无处可逃后，雅秋开始捞垃圾。他悄悄走进水里，把垃圾全捞起来，避免把水搅混浊了。

“哇哈！”明良兴奋地叫了起来。

深潭内，不计其数的鱼已经无处可逃。看着它们在深潭里游来游去的样子，我们努力克制着激动的心情。

“有好多鲫鱼和鲔鱼。”

“还有鲤鱼。”

“是刚才那条大尾的吗？”

“可能吧，长度差不多四十厘米。”

“香鱼，有香鱼！”

“那是珠星三块鱼。”

总之，深潭里的鱼不计其数，种类也数不清。

“好，那就开始吧！”在明良的号召下，我们开始舀水。

四个人都站在深潭处用水桶把水舀出去。我们争先恐后地拼命舀水，水面很快越来越低了。

“太赞了，鱼都撞到我的脚了，好多鱼！”

“舀水的时候，别不小心连鱼也装进去了，哈！”

现在即使徒手也可以抓到鱼。

“好，每人再舀十桶水。”

我们一起数“一、二、三……”，每个人又舀了十桶水，总共四十桶水。现在，鱼儿都无处可逃，也没什么水可游了，只能挤来挤去，发出“啪嗒啪嗒”的声音，有些大鱼连鱼背都露了出来。

“好，开始吧。”

我们同时扑向鱼群。

“王八蛋，王八蛋。”明良只顾着追大鲤鱼。

“这条，这条，还有这条……”雅秋抓到什么鱼，都往水桶里丢。

我当然也不能输阵，把鱼赶到角落，双手紧紧握住。虽然鱼的身体很滑，有时候还是被它们逃脱，但我完全不在意。因为眼前的鱼多得抓不完，即使暂时逃走，也逃不出我们的手掌心。

“鲇鱼，鲇鱼！”雅秋叫了起来。

一条黑色的大花鲇鱼在被我们踩得混浊的水中扭动了一下。

“小心，鲇鱼的鱼鳍很危险，如果用手抓会被刺伤。”雅秋说。

雄治吓得立刻上了岸。

“好，那就用这个来抓。”明良把多余的麻袋口张开，放在鲇鱼面前。他用力抓住鲇鱼的尾巴，鲇鱼就“啪嗒啪嗒”自投罗网，钻进了麻袋。

“成功了！”

明良神气地举起装了鲇鱼的袋子，然后交给雅秋。

“啊，给我吗？”

“是你发现的啊。”明良说完，又去追刚才那条大鲤鱼。

雅秋开心地用藤蔓绑住袋口，开始做临时鱼塘。明良还在追大鲤鱼，我的水桶里已经装满了各式各样的鱼，每个人都用各自的方式乐在其中。

“雄治，你在干什么？”

雄治刚才把奶粉罐装了水之后，就躲在角落不知道干什么，我忍不住问他。

“我吗？我在抓沙丁鱼。”

“沙丁鱼？”

“对啊。”

“不必抓沙丁鱼那种杂鱼,还有大鲤鱼和鲫鱼可以抓啊。”

“但是，沙丁鱼养在水族箱里很好看。”

我听了好惊讶。因为我一直觉得钓鱼、抓鱼、吃鱼才好玩，从来没想过要把鱼养在水族箱里。

“还要喂鱼饲料吗？”

“对，去水沟里抓红虫。”雄治充满爱怜地捞起奶粉罐里的沙丁鱼，又继续说道，“这条小的是蔷薇鱊，比较瘦的是枪鲭，有白色大鱼鳍的是都鱊。蔷薇鱊中还细分成大陆蔷薇鱊和日本蔷薇鱊，但我分不出来。”

我说不出话，纳闷为什么雄治会知道这种事。但他仍一脸得意，喋喋不休：“你看，它们的屁股上不是有一根管子吗？就是从这里产卵的，你知道它们把卵产在哪里吗？”

“泥土里吗？”

“不是，它们把卵产在紫贻贝里，你看，就是这个。”雄治从罐底捞出两个黑色的贝壳给我看。

“你挺了解的嘛。”

“我只是有兴趣。”雄治害羞地笑了笑，但我真的很佩服他。

“原来杂鱼也有名字。”

“小健，你说错了。”

“什么说错了？”

“没有名叫杂鱼的鱼，不管是杂鱼还是杂草，都像是在说没价值的鱼和草，但这些价值只是人类自己的想法而已，和鱼、和草都没有关系。”

我觉得他说得很有道理。

“雄治，你在说鳑鱼的时候很神气。”

“嘿嘿嘿。”

我们一起笑了起来。

这时，身后传来明良的大叫声。

“抓到了！抓到了！抓到了！”

回头一看，明良正把那条好不容易抓到的大鲤鱼放进水桶。

“明良，太棒了！”我说。

明良得意地笑着说：“怎么样？怎么样？这尾绝对是第一名！”

因为他笑得太开心了，大家也跟着大笑起来。

抓鱼行动已经告一段落，我们不约而同地坐在堤防上休息。躺在和缓的斜坡上，眼前是一眼望不到尽头的蔚蓝天空，一两朵白云飘在天上，看着看着也觉得自己的身体好像飘到了空中。

“喂，雄治。”雅秋开了口。

“什么事？”

“你知道那个水车为什么叫妖怪水车吗？”

“知道啊。”

雅秋又开始调侃雄治，明良也跟着奸笑起来。

“那你说说是为什么？”

“我妈妈告诉我说，这里住了一个女幽灵，傍晚的时候就会听到女人啜泣的声音，所以学校才会禁止我们来这里。”

明良他们拼命忍着笑说：

“对啊，会听到女人像啜泣般的声音。”

雄治发现大家都在调侃他，又接着说：

“我奶奶也是这么说的。”说完，他就走去河里为鳗鱼换水了。

“不要再捉弄他了啦。”明良笑着说，我觉得很对不起雄治。

以前，雅秋曾经告诉我妖怪水车的真相，所以我知道，女幽灵的声音其实并不是幽灵，而是活生生的女人发出的声音。那个水车是年轻男女幽会的地方，大人希望小孩子远离这里，才谎称有妖怪，但搞不好真的有人误以为是妖怪发出的声音。

“喂，你们看！”雄治紧张地对着一脸贼笑的雅秋大叫着。

“有人来了。”

一个男人沿着堤防走了过来。这里平时没有人走动，到处长满杂草。我们有一种不祥的预感。

“明良，大事不妙了，是银造！”

“不会吧？”

“真的啦，是银造。怎么办？”

这种时候，根本无计可施了。因为银造乡长已经快走到我们眼前了。

“你们不要慌张，镇定一点。”

“麻袋呢？”

“就放在那里。”

我太害怕了，不敢留在原地，就往河岸走去。雅秋也走向水车，四处张望着，似乎在寻找逃生的路。雄治抱着奶粉罐愣在那里。

银造大步走了过来，他似乎发现了我们，把草帽的帽檐往上推了推，然后巡视四周，最后将视线落在躺在堤防上的明良身上。

“你们在筑堰抓鱼吗？”

他的声音低沉而粗犷。

“嗯。”明良坐了起来，瞪着银造的眼睛回答。

银造仔细打量河面问：

“抓到很多鱼吗？”

我们虽然很担心麻袋的事被他发现，但现在也不知道该怎么办，只好用力点头。

“给我看看。”银造大步走到河岸旁，把手伸向雅秋的麻袋。

雅秋一副快哭出来的表情，把麻袋递给他后，慢慢向后退。

银造看了一眼麻袋上用油漆写的号码。

我们心想：“这下真的完蛋了，绝对会被他骂。”

没想到银造只是探头向麻袋里张望，开心地说：

“这条鲇鱼很大嘛！”

然后，又看着临时鱼塘，笑着说：“还有这么大的鲤鱼，收获不小嘛。”

因为他笑得太开心了，我们并没有松一口气，反而觉得好像哪里出了问题。而且这也是我们第一次看到银造的笑脸，第一次和他说话。

“很大吧？”听到银造的称赞，明良也开心地说，“我们一起从下游赶过来的。”

“是吗？真聪明！”银造把手伸进鱼塘，摸着鱼问，“那你们抓了几尾鳗鱼？”

“鳗鱼？”

“对啊，鳗鱼。有抓到吧？”

他这么问，我们也不知道该怎么回答。

“什么？没抓到，那可不行。”

他一直对我们说“不行，不行”，我们听了反而更不知道该怎么办了。

“好，你们再下去河里。”银造露出好像山贼大王的表情说。我们当然不敢违抗他的命令，不，应该说我们很期待，不知道接下来会发生什么事。

“听好了，要像我这样，用脚搓河底的泥巴。”

“不对，要更用力。”

“对，对，就这样，就是这样，就是这样。”

用脚搓河底泥巴的样子好像在跳阿波舞，我们觉得很滑稽，忍不住大笑起来。

“对，就是这样，要更用力搓。哇哈哈哈。”站成外八字的银造大笑着说。

不一会儿，我们的脚下都变成了泥水，来不及逃走的小鱼都浮出水面呼吸。不幸被我们踩死的小鱼则翻着肚皮，变成了浮尸。

“好了，好了，差不多了。”银造说完，跪在沙包上，探头看着泥水。我们也很期待，不知道接下来会发生什么事，也学他的样子探头张望。雅秋仍然哧哧笑个不停，明良鼓起勇气问：

“接下来要干吗？”

“当然是抓鳗鱼啊。水变混浊，鳗鱼就会没办法呼吸，所以会浮上来啊，呵呵呵。”银造笑的声音很可怕。

“他说要我们抓鳗鱼。”我们互相看着对方，大家都一脸惊讶。

“你们看，浮起来了。”

鳗鱼果真从混浊的泥水中探出头，开始用力呼吸。银造小心翼翼地把手伸向鳗鱼的头部。他的手臂很粗，手上都是毛。

“听好咯，鳗鱼很滑，迅速抓住后，立刻丢到堤防上。你们可别让鳗鱼逃掉了。”

我们拿了一个麻袋，跑回堤防上。

“看我的！”银造的手臂往水里一伸，立刻抓起了一条鳗鱼。

他的动作太快，一眨眼的工夫就抓到了。鳗鱼随着水花好像被吸入蓝天般蹿了起来，在空中扭动着身体。然后，它黑色的身体就掉在我们等待的堤防上。

“银造太厉害了！”

“是啊，他是单手抓鳗鱼！”

大家忙着把鳗鱼抓进麻袋里，始终无法平静兴奋的心情。

“我之前都不知道，可以用这种方法抓鳗鱼。”

“他搞不好是筑堰抓鱼的天才。”明良一脸严肃地说。

之后银造又抓了两尾，我们总共有三尾很粗的鳗鱼。

“吃鳗鱼可以固精强骨，把这些鱼带回去给你们的爸爸，你们的妈妈一定乐坏了。”银造说。

明良态度很坚定地说：“不，这是你抓到的，所以你带回家吧。我带鲤鱼，雅秋有鲇鱼，雄治有他最爱的沙丁鱼，这样才对。”

“好，那就这么办，这尾鳗鱼我就带回家了。不好意思，可不可以给我一个麻袋？”银造说完，把鳗鱼装进麻袋里。

那一刻，我们也紧张死了。

“对了，告诉你们一件有趣的事。下个星期天，这条河会很热闹。”

“为什么？”

“先不告诉你们，反正，到时候可以尽情捞鱼。哈哈哈。”鳗鱼在麻袋里面不停挣扎，银造拎着麻袋说了声“多谢啦”，就一步步沿着堤防走远了。

“有趣的事是什么？”

“不知道。”

“他说可以尽情捞鱼。”

“我知道了，一定是让全村都来筑堰抓鱼。”

“怎么可能做这种蠢事……”

“那到底是什么呢？”

我们把从银造乡长家仓库偷来的麻袋全都洗干净才踏上归途，堤防上杂草遍布，必须不停拨开已经高到胸前的杂草才能前进。

“银造那家伙应该有发现麻袋的事吧？”雅秋突然说道。

“八成发现了。”明良回答，其他人似乎都在点头。

虽然玩了一整天，但太阳还高高挂在天上看着我们。

这是我们第一次看到大人带着那么天真无邪的表情抓鱼，也是第一次有大人加入我们的游戏。

那天之后，我们整天都在聊筑堰抓鱼的事。明良似乎对抓到鳗鱼这件事很兴奋，还帮银造改名为鳗造。即使在路上再遇到那辆黑色的车子，也不像以前那样躲起来，或是拿石头丢车子；反而故意走在马路中间，试图引起银造的注意。但是银造像以前一样，头也不回地扬长而去，只能从车窗内瞥见他光秃秃的脑袋。

“大人是不是隔天就会忘了前一天的事？”明良难得露出落寞的表情说道。

一个星期在转眼之间就过去了。

那天，我正在吃早餐，听到明良大声叫我：

“健司！”

“怎么了？这么早就来找我？”

“不……不好了，河里都没水了！”

“河里没水了？”

“对啊，全都没了，河里全都空了。”

我跟着明良冲出家门，来到新桥，发现雅秋和雄治已经等在那里，而且全村的人都聚在一起叽叽喳喳。

“好猛，好猛……”

雅秋很兴奋，雄治露出害怕的眼神看着河面，我也跑过去看。

那是以前从来没有见过的景象：蚬川的水都被抽干，河底露了出来。整条河完全看不到水流，只有河底的凹处还积着几摊水。无处可逃的鱼在积水里不知所措，连鱼背都露了出来。我们沿着堤防，跑向上游的方向。

“好猛，好猛！”

“不管走到哪里，都有好多鱼！”

“为什么会这样？”

“不知道。”

“是不是银造干的？”

“不知道呀。”

真的完全搞不懂发生了什么状况，只知道银造乡长上个星期说的话没错，现在大家可以随便抓鱼。

回头一看，新桥上已经挤满了人。

“那是什么？”

仔细一看，桥上停了一辆手推车，推车上面堆满了麻袋。村民接过麻袋，纷纷走到河边。

“银造在那里！”

银造正在把麻袋交给村民，我们立刻跑了过去。

“原来是你们几个啊，你们也来抓鱼啦。”银造开心地说。

“这是怎么回事？”明良问。

“没怎么回事啊，你也看到了，你们也赶快去抓鱼吧。”银造没有回答我们的问题，只是把麻袋塞到我们手上。

“可以抓鱼吗？”雅秋问。

“可以，尽情地抓吧，现在不抓以后就没机会了。”银造一边说着，一边陆陆续续把麻袋交给村民。

我很在意银造说的那句“以后就没机会了”，但听到村民兴奋的声音，不断吆喝大家赶快去抓鱼，也跟着跑到河边。

原本的河已经变成了泥田，村民好像在捡石头一样，捡了鱼就装进麻袋，从爷爷奶奶到小孩子都在捡鱼，到处都响起一片欢呼声，银造的笑声也传得很远。

现在，这条河已经完全是人类的天下，鱼在没有水的河中只能束手就擒，不对，是束鱼鳍就擒，只能在泥地上翻着白肚。

我也捡了很多鱼，全身都是泥巴，但渐渐觉得很无趣。

“雄治，好像感觉怪怪的。”

“对，很不对劲，一点都不好玩。”雄治看着脚下的鱼说。

“是因为不是自己筑堰的关系吗？”雅秋问。

“应该是其他原因，”雅秋想了一下该怎么表达，然后开口说，“对，这样太卑鄙了啦。”

“健司，怎么了？”明良走了过来。

“我觉得好像哪里出了问题。”我回答，明良也默默点头。

最后，我们四个人很快就离开了，但村里的大人和小孩都还挤在河里抓鱼。

“这条河不知道会变成什么样。”

“不知道。”

我们站在桥上，看着没有人影的下游，在黑乎乎的河底零零星星躺着鱼，那些鱼就像白色的贝壳般在阳光下闪烁着。

三个月后，我们才知道那天发生的事，是为了蚬川填河工程进行测量的工作。那一年的秋天到冬天整整半年时间，都在进行这项大工程。整条蚬川都被填满了，完全不见往日痕迹。河的一半变成两线道的马路，另一半则建了细长的水泥的灌溉用水路 。我们每天上下学都可以看到工程施工的状况，等看到推土机出现时，每个人都说不出话来了。

春天时，蚬川灌溉用水路完成了。那天一大早就开始放烟火，举行了竣工典礼。虽然和我们无关，但还是被红豆汤圆和点心吸引，大家都去参加了典礼。新建的路桥变成了有护栏的水泥桥，我们靠在桥上聊天。

“清水的水泥管和锦蛇的石墙都没了。”

“锹形虫的树也被砍掉了。”

整条河都被埋起来，变成了大路，灌溉用水路旁，等距离地种植了一株株幼小的樱花树苗，乡长的声音从带有杂音的扩音器中传来：

“不久之后，这些樱花树就会长大，桑原村会变成一个充满自然景观的村庄！”

喝醉酒的大人热闹地交谈着，鼓掌声和欢笑声不绝于耳。

“他们还真爽啊！”明良学着大人的语气说道。

明良似乎有点懊恼，有一种遭到背叛的感觉。那天跟大家一起抓鳗鱼的银造和今天喝醉酒在台上说话的乡长，好像不是同一个人。

“那只青蛙不知道会怎么样。”雄治幽幽地说。

“青蛙？”

“你们看，那里不是有一只青蛙吗？”

在一点五米高的水泥灌溉用水路底部，有一个积了十厘米左右的水洼，那里有一只黑斑蛙。黑斑蛙攀在灌溉用水路的角落，一直抬头看着天空。

“对啊，这只青蛙一辈子都无法离开这里了。”雄治难得生气地说道。

我们几个人站在桥上，似乎每个人都有不同的想法。我看着笔直而无趣的灌溉用水路，想着毫不相干的事。

那是几个月前发生的事。

美术课时，老师发给每个人一张画图纸，要求我们画下自己觉得最重要的事物。我很会画画，所以想要好好表现一下，却找不到最重要的事物可画。

动作快的同学想了五分钟就开始画了，有人画爸爸，也有人画同学，还有人画自己心爱的东西。我虽然有很多重要的事物，却无法决定哪一个最重要。二十分钟过去了，三十分钟又过去了，最后，只剩下十分钟，我的泪水忍不住夺眶而出。大家都以为我是因为画不出来而哭，其实我是因为无法决定什么是最重要的才哭。

下课后，老师走进教室问我：

“健司，你画不出来吗？”

我低着头不说话。

“不必勉强画，没关系，即使什么都不画，也是很重要的事。有时候，什么都不做反而比做好。”老师说完，拍了拍我的头。

那张洁白的画纸看起来格外刺眼。

我也不知道为什么现在会想起这件事。

明良丢了一块石头，黑斑蛙吓了一跳，跳入水洼中，游往上游方向。它不知道无论它游得多远，都永远无法爬上堤防。

大人们的宴会还在持续。

第二部

不会哭泣的鱼

小龙虾的味道

岩田浩介让我第一次尝到小龙虾的味道。

浩介皮肤黝黑，个子高大，平时沉默寡言。他是六年级那一年的春天，转学到我们班上。虽然我们同一年级，但他留级过一年，以他的年纪应该读七年级。他在之前的学校留过级，留级的原因只有他和老师知道。

大家都议论纷纷，说他是因为功课不好，或是品性很差才留级，但浩介的成绩普通，也绝对不是调皮捣蛋的人。因为浩介很沉默，几乎很少说话，所以大家才会在背后这么议论他，全班只有我一个人和浩介说过话。

星期六下午，我在神社等浩介，因为我们约好要去钓小龙虾。

我之前曾经钓过小龙虾，所以带上了钓竿、塑胶桶，当然也没忘了带要当作钓饵的鱿鱼丝。浩介比约定的时间稍微晚了几分钟才到，手上拎了一个旧铁皮水桶。

“等很久了吗？”浩介问。

“没有，我刚来不久，钓饵用这个可以吗？”

浩介打量了我手上的东西。

“鱿鱼丝我们留着自己吃，塑胶桶和钓竿都不需要。”浩介一边说着，一边转动着手上的铁皮桶。

我决定把钓竿藏在神社樟树上的小祠中。这棵大树的树围足足有十五米，被政府指定为天然纪念物，听说树上的小祠中住着猫头鹰，但我没见过。

我把钓竿藏好之后从树上跳了下来，跟在咔滋咔滋地啃着鱿鱼丝的浩介身后，也咔滋咔滋地啃了起来。

“小智，你知道大人把鱿鱼丝称为‘a–ta–ri–e’吗？”

“啊，不是叫‘sv–ru–me’吗？”

“日语里面‘su–rv–me’的‘sv–rv’和偷钱的偷同音，有漏

财的意思，大人觉得不吉利，所以改叫‘a-ta-ri-e’。”

“是啊。”

“河边不是长了芦苇吗？其实应该念成‘a-shi’，但因为‘a-shi’和坏事的坏同音，所以改读‘yo-sh’，变成了和好事同音。”

“原来是这样。”

“大人很奇怪，鱿鱼丝就是鱿鱼丝，芦苇就是芦苇嘛。”

浩介的心情似乎不错，他今天很健谈，就是最好的证明。虽然他在学校时都不开口说话，但我们两个人在一起时他会告诉我很多事。

我们来到位于近郊的味噌工厂旁的小巷，小巷内有一整排大木桶横倒在地上，小孩子可以整个人躲进去，最大的木桶差不多有我的书房那么大。浩介手脚利落地爬上木桶，在木桶上跳着走。走过昏暗的小巷后就是家下川。

“小智，这个地方是秘密噢。”浩介得意地说。

味噌工厂的排水口排出的水冒着热气，咕咚咕咚流入河里，那里比其他地方更深，形成一个小水潭。

“因为这里一直有温水流进河里，所以下面有很多小龙虾。而且工厂排出来的是煮黄豆的水，超有营养的，有些小龙虾长得又大又肥！”

太令人惊讶了。原来味噌工厂后方是不为人知的小龙虾巢穴，而且才转学到我们学校还不到一个月的浩介竟然会知道这样的宝地。

浩介在堤防上折了两根芦苇，把其中一根交给我。

“小智，这就是好事坏事分不清的芦苇。”

“拿这个当鱼竿吗？”

“没错，这就是鱼竿。”

浩介利落地剥下芦苇上的叶子，只留下最前面那一片，然后从草丛中抓了一只黑斑蛙。

“你抓这只青蛙做什么？”

“看我的。”

浩介咬了一口青蛙的脚，三两下就把它的皮剥光了。

“呃……”

我叫不出声音，因为浩介一下子就把青蛙的皮从脚往头剥了下来。

这家伙是野蛮人！我忍不住这样想。

“怎么？你没有剥过青蛙皮吗？”

“没有。”

“要不要试试？”

“不……不用了。”

“好，小智，你看好了，我马上就钓一只小龙虾上来！”浩介说完，灵活地用芦苇叶绑住青蛙的脚。

青蛙仍然不停挣扎，剥了皮的青蛙被吊在芦苇上放入水中，胡乱蹦跳着，在水面上形成阵阵涟漪。

寂静的时间流逝，不一会儿，水底的泥巴动了起来。

“来了，来了，小智，你看仔细咯。”

浩介才把青蛙往上拉，没想到，立刻就有举着鲜红色螯钳的小龙虾，接二连三地从有点混浊的水底冒了出来，总共差不多有二十只。

浩介锁定了最大那一只，不一会儿，那只小龙虾举起一只螯钳抓住了青蛙，缓缓抱住。浩介成功钓到第一只小龙虾。

“怎么样？”浩介得意地问我。

“嗯，好厉害，好厉害！”

“你害怕用青蛙当饵的话，那就这么办。”浩介才说完，“咔嚓”一声就把刚钓到的小龙虾身体折断了，右手和左手分别拿着小龙虾的头和尾巴。

“你看好喽。”

怎么样？
嗯，好厉害，好厉害。

他把小龙虾的头和尾巴放回地上，小龙虾的头竟仍举着鲜红的螯钳威吓我们，然后好像没事般后退，退回到了河里。

“它会再长出尾巴吗？”

“嘿嘿，它又不是章鱼。”浩介笑着把小龙虾尾巴的壳剥掉了，露出半透明的白肉，形状有点像独角仙的幼虫。

“小智，你摸摸看。”

“好。”

我接过来拿在手上，发现小龙虾的肉冰冰凉凉，仍然在抽动。我学浩介把小龙虾肉紧紧绑在芦苇叶子上。

“小龙虾的肉最适合拿来当小龙虾的饵。”浩介说完笑了起来。

接着我们两个人争先恐后钓起很多小龙虾。以前钓小龙虾时，都是等小龙虾上钩，但今天完全不一样，小龙虾在等我们的饵，一只只小龙虾张开红得像草莓般的螯钳，等着我把饵放下去。

我们大约钓了两个小时，铁皮桶里已经装满了小龙虾。一只只小龙虾排在铁皮桶里叠了好几层，很有分量的螯钳敲在铁皮桶上，发出“哐当哐当”的声音。

这时，浩介对我说：“小智，我们来吃小龙虾吧。”

“什么？”我惊讶得说不出话，因为我从来没想过小龙虾竟然可以吃。

“真的可以吃吗？”我问。

“味道还不错。”

浩介已经做好了吃小龙虾的准备。他这个人说什么就做什么，我只好听从他的指示，捡了树枝回来。

“浩介，在这里生火没问题吗？”

“有什么问题？我经常这么做啊。”

“但学校不是禁止吗？”

“学校禁止玩火，禁止玩水，什么都禁止，只要小心一点儿，不会有问题的。”

“是吗？”

“是啊，我们又不是在室内生火。”浩介说完笑了起来。然后，他把几根小树枝利落地架在差不多像人头大小的石头上，把枯叶塞在下面，从口袋里拿出便宜的打火机点燃枯叶。不一会儿，火势突然蹿了起来，发出噼噼啪啪的声音，越烧越旺。看着火焰不断变化出各种不同的形状，我内心的犹豫似乎也一扫而光。

好，我要来吃小龙虾。我暗自下定决心。

“小智，我们每个人吃五只。”

铁桶里大约有四十只小龙虾，我们各选了五只。

“你看，这只超大的，恭喜你获选成为我的食物！”浩介笑着说。

“叮咚，恭喜你选上小龙虾小姐，你就做好心理准备吧！”我也笑着说。

“我判处你烹刑！”

“你要成为恶魔的祭品！”

我们笑弯了腰，挑选着自己想要的小龙虾，把其他的放回河里。

浩介用石头搭成炉灶的形状，把铁桶放在上面。装了小龙虾的铁桶在火上发出“扑哧扑哧”的声音，当水烧开时，小龙虾慢慢地开始舞动，不一会儿，原本棕红色的身体渐渐变浅，变成了漂亮的红色。

“好烫，好烫！小智，要这样吃。”浩介像刚才一样剥开小龙虾的外壳后，把肉放进嘴里。“嗯，好吃！你也吃啊。”

“嗯。”

我也剥开小龙虾，虾肉像比生的时候缩小了些，但壳一下子就剥下来了。虾肉是雪白色的，肉质很紧实。我鼓起勇气，放进了嘴里。

“好吃，像虾的味道。”

小龙虾的味道有点儿像带了一点儿泥土味的虾，虽然不是很细腻，但很浓郁，有一种秘密的味道。

我们两个人默默地吃着小龙虾。

我们的行为也许很残酷，但玩得很开心，也很兴奋。如果告诉其他同学，他们可能会看不起我们；如果告诉妈妈，搞不好会挨骂。但是，我都觉得无所谓，因为这是我和浩介两个人的秘密。

“浩介，你平时也常这样煮小龙虾来吃吗？”

“也没有经常啦。”

“虽然很好吃，但有点残酷。”

“会吗？其实吃猪肉、吃鸡蛋也和吃小龙虾一样。”

“是没错啦……”

“但很好吃吧！”

“是没错啦……”

“是没错啦……”浩介用夸张的动作模仿我，我也跟着笑了起来。我不知道怎样是残酷，怎样是不残酷，反正小龙虾很好吃，最重要的是，我们玩得很开心。

浩介在堤防的草上躺成大字形，看着天空说：

“不过呢，小龙虾很可怜。”

“为什么？”

“这种美国小龙虾是从美国来的。”

“不是原本就生长在日本吗？”

“不是，它们最初是为了拿来当饲料特地从美国进口的。”

“饲料？什么的饲料？”

“你知道食用蛙吗？”

“嗯，是牛蛙吧？”

“对，以前打仗的时候没有食物可以吃，有人打算养殖牛蛙作为食物，于是就从美国进口小龙虾作为牛蛙的饲料。”

“所以，它们原本是牛蛙的饲料？”

“那是人类擅自决定的，小龙虾就是小龙虾啊。”

“你知道的事真多啊。”

“那是岐阜的爷爷告诉我的。但是，小龙虾很强，战争结束后大家都不想吃牛蛙了，就把小龙虾全丢进河里。它们在陌生的日本河川、池塘中和一群陌生的同伴一起生活，然后不断繁殖，现在全日本到处都可以看到小龙虾的踪迹。”

“没想到小龙虾这么强。”

“对，真的超强的。即使被丢弃了，也没有流一滴眼泪。”浩介说完这句话，沉默了很久。

天空蓝得吓人，我们不发一语眺望着天空。

当味噌工厂的影子渐渐拉长时，我们踏上了归途。回到白天和浩介相约的神社道别后，我全速跑了起来。傍晚的风吹在脸颊上很舒服，即使已经上气不接下气，我仍然继续奔跑。

很久之后，我才知道浩介没有父母。

香鱼河

我是在春假结束的时候第一次见到浩介。

那天，我去河对岸的文具店买新学期要用的笔记本，回家的路上经过了天神桥。天神桥是矢作川上的一座桥，矢作川在岐阜县、长野县和爱知县的交界处，是流入三河湾的一级河川。

我走在桥上往下看时，发现有人在下游的堰堤旁钓鱼。

那里可以钓到什么鱼？

我停好自行车，好奇地走向堤防。前几天有人在堤防上烧东西，我的球鞋都让灰烬给染黑了。

走近一看，有一个老爹和一个男生。男生看起来比我大两三岁，老爹膝盖以下都浸到水里，把一根十米长的钓竿伸向河川的侧面，目不转睛地看着钓竿前端。男生坐在他后方的石墙上静静地看着，我在离那个男生有一小段距离的地方看着老爹。

老爹似乎在用“毛钩钓”的方式钓鱼。“毛钩钓”是一种钓香鱼的装置，就是在钓线前方绑一个差不多像乒乓球般大小的重锤，下方再绑上装了二三十根毛钩的钓线。只要把这个装置放进香鱼群出没的地方，即使毛钩上没有任何鱼饵，香鱼也会悠然游过来上钩。

早春的凉风拂过河面，吹在我们身上。

这时，钓竿前端动了一下。老爹拉起钓竿，钓线离开了水面，毛钩下方的鱼反射着阳光。

钓到了！

没想到，下一刹那，鱼一转身就消失在河水中了。

“哎呀，不行，现在还没到季节。”老爹说着走到河岸上，又自言自语道，“钓了半天才三尾，香鱼还没有游到这里。”说完，他收起了钓竿。

我探头向他的鱼笼张望，发现十厘米左右的小香鱼露出黑色的鱼背，悠然地游来游去，用鼻尖顶着网。

老爹随意拎起鱼笼，嘴里反复念着“第一波香鱼……”，转身离开了。

河岸上只剩下我和那个男生，原来他不是和老爹一起来的，于是我只好静静听着河水流下堰堤的声音。

不一会儿，那个男生站了起来，沿着浅滩上露出的石头一路跳过去，边走还边探头看向低洼处冒着水泡的地方。那里似乎有什么东西，让他一下子站起，一下子又蹲下，拼命向河里张望。

我鼓起勇气问他：

“那里有什么东西吗？”

但那个男生没有回头。

“那里有什么东西吗？”

我又问了一次，他似乎终于听到了，但却狠狠地瞪了我一眼，又若无其事地继续探头看向河面。

流下堰堤的水声突然变得沉重起来，我转过身，带着气愤和寂寞，一口气冲上了堤防。

第二天，我妈叫我去买东西，我走出了家门，在昨天那

那里有什么东西吗？

座桥上又看到了那个男生，他用相同的姿势，蹲在和昨天相同的地方。

他从昨天开始，就一直蹲在那里吗?

我心里有点毛毛的，但观察了一阵子，发现他开始把河里的石头搬起来，然后又一个个翻过来。

他在干什么?

我正感到纳闷，他已经钻到对岸的银柳树下，我越发不明白他的行为了。不一会儿，只见他双手放在胸前，不知道抱了什么东西回来。

是鱼!

我一口气冲下堤防。

“你抓到什么了吗?”

他有点惊讶地抬起头说:

“原来是你啊。”

他的脚下有一个用石头围起来的小鱼塘，里面有几尾鲫鱼和珠星三块鱼。

“好厉害！这些都是你徒手抓的吗?”

他不耐烦地点点头。

“好厉害，真的太厉害了！”我蹲下来，看着小鱼塘。

不一会儿，他开了口。

“你喜欢钓鱼吗？”

“对，但我技术很差，都不太能钓到。”

“……你跟我来。”

虽然他冷漠的语气和锐利的眼神让我有点害怕，但我还是光着脚跟着他走进河里。河水比我想象中更凉，感觉很舒服。他沿着浅滩哗哗哗地走到对岸，在银柳树前停下了脚步。银柳树根被水流掏空了，露出许多细根，他蹲在树根前，双手浸在水中，好像在洗手，然后对我说了一句：

“看好了！”

他把双手慢慢伸进树根下，树根似乎很深，他肩膀以下都浸入水中了。

“逮到了。”

他的肩膀晃动了一下，把手缓缓拉了出来，他的双手用力抓住了一尾白色肚子的珠星三块鱼。

“哇，好厉害，你好厉害！为什么你抓得到？”我情不自禁地跳了起来。

“你也来试试。”他把手上的鱼放回水中，用眼神向我示意。

我也鼓起勇气，把手伸了进去，树根刺在手臂上痒痒的。

原来这里是鱼的藏身处。我恍然大悟，继续把手伸进去。

啊，好像摸到了什么。

“有，里面有东西！”

我回头一看，他对我扬了扬下巴，示意我抓抓看。我战战兢兢地抓住了摸到的东西，立刻有一个黑影“啪嗒啪嗒啪嗒”地蹦了出来。

“是鲤鱼！”他叫了起来。

我完全搞不清楚状况，一屁股坐在地上。

“没问题，没问题，它刚才钻到树根下面了。那条鱼很大，差不多有五十厘米。”他的声音中带着兴奋。

我浑身湿透地站了起来，问：

“没问题吗？”

“两个人一起抓就没问题。”

他一改刚才的冷漠态度。

“先把手降温一下。”

我们把双手浸在水里。

“鱼都住在冷水中，所以被人类温暖的手摸到时它们会吓到。对鱼来说，那样的温度简直就像快被烫伤了。”

我觉得他说得很有道理。

“好，我抓住它的头，你抓住它的肚子，绝对不要摸它尾巴，它受到惊吓会马上逃走。”

他悄悄把手伸进去，过了一会儿，似乎摸到了鲤鱼。

“好，你很乖，不要动，就这样，对，就这样……”

他好像在哄小孩子。

“喂，你从我旁边把手伸过来，要轻轻地噢。”

我也把手伸了进去。

真的有鱼，就是刚才那一条。

没想到我刚摸到鱼身，鱼就“啪啪啪”地挣扎起来。

“笨蛋，我叫你轻轻地啊！”

“但是……”

“快抓住它！从树根上面抓住它！”

“啪啪啪，啪啪啪”鲤鱼拼命挣扎，当我回过神时，发现我们两个人都坐在河里，全身都湿透了，但幸好抓住了鲤鱼。

“成功了！”

“嗯，成功了！”

他的声音仍然带着兴奋。

我们回到岸边，把湿掉的衬衫和长裤晾在石头上。刚才

那条大鲤鱼在小鱼塘中游来游去，鱼背都露了出来。过了一会儿，他说：

“这里的河水有点混浊。”

“会混浊吗？”

“对，和我知道的另一条河相比，但也不算太差啦，这里有很多鱼。”

“有很多鱼吗？”

“对，超多的。”

“我会钓鱼，但通常都钓不到。”我说。

“那是因为你技术太烂。”

这家伙真没礼貌。

“有鲤鱼、有鲫鱼、有香鱼、有溪哥、珠星三块鱼、突尾美人虾、鳗鱼、鲇鱼，好多好多呢。”

“还有黑腹鲭。”

“是吗？对了，你跟我来。”他冲上堰堤，叫我过去。“你仔细看那个低洼的地方，会有香鱼游上来。”

“哪里？哪里？”我和他一样探头张望。

“你看，游上来了，有看到吗？”

“啊？哪里啊？在哪里啊？”

“就在那石头和石头中间，有细长的影子游上来。”

“咦，我看不到。”

虽然我睁大眼睛，但还是看不到香鱼。我很羡慕他可以看到我看不到的东西。

“时间久了你也可以看到。”他说，然后又接着说，“对了，昨天那个老爹只钓到三尾，你知道为什么吗？”

“他说现在还没到香鱼的季节。”

“才不是呢，有很多香鱼。他的毛钩太粗了，现在的香鱼都还很小，如果不用细一点的毛钩，香鱼不会上钩。而且他的鱼竿也太硬了，春天的香鱼皮很软，即使好不容易上了钩，也只会钩破鱼皮，结果鱼就逃走了。”

“你真内行啊！”

“因为我以前就住在香鱼河边。”

“香鱼河？”

“就是长良川啦，在岐阜县的山里。”

“你现在搬来这里了吗？”

“前天搬来的。”

“你读几年级？”

“六年级。”

“那和我同年。”

我这才知道原来他也是我们学校的学生，这个巧合令我兴奋不已。

但是，他突然站了起来，脸上的表情恢复了原本的冷漠。

“那条鱼送你。”他说。

然后他把衬衫和长裤揉成一团，逃也似的跑走了。我看着他的背影，觉得这家伙真奇怪。

河童的秘密基地

我读的学校是一所很普通的小学，位于离矢作川一公里左右的农田中间。因为在农田中央，所以大家可能会以为是农村，但我住的城镇上有全世界最大的汽车工厂。在我爸爸小的时候，周围都是一望无际的农田，如今光是那家工厂的围墙就绵延了好几公里。

虽然多了工厂，多了工人，也多了很多房子，但只要开一小段路的车，就有山有水，有原野，还有空地。

今天是新学期开学的日子，我再一次看到那个在河边遇

到的家伙，他正式转学到我们学校来。

一大早我就有点心神不宁，因为不知道他会不会分到我们这个班级。六年级总共有三个班，虽然和他同班的概率只有三分之一，但我很希望和他同班。早上开朝会时，老师“酷斯拉”比平时晚进教室。“酷斯拉”是我们班导师的绰号，因为他的脸上凹凹凸凸的，生气的时候会发出好像“酷斯拉”般的声音，所以大家帮他取了这个绰号。酷斯拉一进教室就说：“今天有一位新同学要来我们班，来，你进来吧。”

酷斯拉对站在走廊上的学生招手。

“太好了，一定是他！”

他背了一个白色布书包，双手插在口袋里走了进来。他微微低着头，而且始终没有抬起头。酷斯拉拍了他的手，他把手从口袋里拿了出来,但他的样子并没有给大家留下好印象。

“这是本班的新同学岩田浩介。”

“酷斯拉”介绍后，浩介微微鞠了一躬。

“大家要好好照顾他，座位的话就先坐靠窗的最后一个位置吧。如果有什么问题，可以问班长小智和庆子。”“酷斯拉”说完，拍了拍浩介的肩膀。

浩介又鞠了一躬，坐在最后排的座位上。我想向他打暗号，但浩介走到座位之前，完全没有抬头，好像不愿意和任何人眼神交会。

下课时，教室内充满了诡异的气氛。

通常转学生面对一群陌生的同学不是怯生生的，就是努力表现出友好的态度，想赶快交到新朋友，但是浩介始终望着窗外，不和任何人说话，甚至不看别人一眼。全班同学都想要和他打招呼，他都表示拒绝，大家很希望至少听听他说话的声音。

我还记得和浩介一起抓鲤鱼时的兴奋，我相信他应该也没忘记我，于是我起身走向他。

“浩介，你还记得我吗？”我鼓起勇气问他。

我知道全班同学的视线都集中在我们身上，但他瞪了我一眼，起身离开座位走出了教室。

为什么？

这简直让人难以置信，我搞不清楚眼前的状况，不知所措地愣在原地。其他同学都围住我，想要问我很多问题，但我太震惊了，根本无心说话。

一个星期过去了。

浩介虽然和大家一起上课、下课，但仍然不和任何人说

话。下课的时候，他始终看着窗外；午间休息的时候，他也独自到操场去。

“那家伙真拽。”政二压低声音说。

“对啊，拽个屁啊。”一郎回答。

这一阵子，只要浩介一离开教室，大家就开始在背后议论纷纷，这些同学都对浩介很反感。虽然也有同学觉得无所谓，但大部分同学都觉得他太拽了，越来越看不下去。越是功课好、运动能力强，平时被称为好学生的人，越无法忍受浩介的这种态度。

“有谁知道他家住哪里吗？”政二用稍微大一点的声音问。

一郎也跟着问：“有人知道吗？”

教室内一片寂静，大家都你看着我，我看着你。

“没有人知道吗？真奇怪。”

的确很奇怪，我们这个学区很小，如果有新搬来的同学，照理说住在附近的同学应该都会知道。

满子说：“我问老师那个新同学住在哪里，老师说，他也没去过他家，所以也不知道他住哪儿。”

越来越奇怪了。

“有人在校外见过他吗？”政二说话的语气比刚才稍微

神气了。

“我曾经在天神桥那里看见过他。”博史说。

“我在神社见过他。”

“他每天都从东门那里回家。”

“我看到他经过自行车行。”

“我在矢作川的堤防见过他。”

“我也在堤防看到他。”

大家提供了很多线索。

“我猜他八成住在东町，好，我们今天去跟踪他。”政二好像在玩侦探游戏般说道，他们决定放学后去跟踪浩介。

“还有谁要去？”

“我去！”

“还有我！”

政二的几个好朋友纷纷回答。虽然还有些人犹豫不决，既想要加入，又有点罪恶感，但最后还是没有吭气，我也是其中之一。政二他们张大了鼻孔，兴奋地讨论着，好像要去抓坏人。最后政二决定和一郎、博史一起去。

第二天，教室内开始流传关于浩介的惊人谣言。

“那家伙绝对是河童。”政二他们信誓旦旦地说，“昨天，

我们三个人去跟踪他，他走出东门后，就直接去了天神桥。”

大家都聚精会神地听着政二说话。

“他走下天神桥的堤防后就脱光了衣服，脱到只剩一条内裤。”

“什么？脱得只剩内裤？”

“好恶心啊。”

几个女生叫了起来。

“对啊，他只穿了一条内裤，就哗哗地走进河里。”

我觉得他们越说越离谱了，他绝对是去河里抓鱼。

“他是去抓鱼吧。”我说。

那三个人异口同声地说：

“不，不是，之后才惊人呢。”

“之后？”

“对啊，他在河里玩了一会儿，抱着衣服上岸了，你们猜他之后去了哪里？”

大家都屏息等待。

“他沿着堤防走去下游那里，没错，他走进了河童林。”

大家听到这里，全都面面相觑。

矢作川在天神桥的下游有一个低洼处，据说那个深渊有

他是河童啦，
绝对不会错。
没错没错。
因为他真的
在太阳下山
后，还没有
出来啊。
他真的走去河童林了吗？

十米深，大家都称为河童渊，没人敢靠近那里。因为老人家说，河童就住在那个深渊里，所以我们绝对不会去那里游泳。河童渊旁的一片树林就是河童林，听说河童就睡在那里。除非有什么重要的事，否则就连大人也不会轻易去那里。

“他真的走去河童林了吗？”我问。

“对啊，真的啊！”

“没错没错！”

三个人齐声回答。

“而且，太阳下山之后，他也没有出来。”

大家的表情都很紧张，因为浩介不可能不知道那里危险而误闯进去，也不可能是迷路。因为那片树林白天也很暗，里面很阴森，比去墓地试胆更可怕，根本不可能一个人跑去那里。

“他是河童啦，绝对不会错！”政二自信满满地说，“因为他真的到太阳下山后都没有出来啊。”

政二、一郎和博史都一再强调这句话。

隔天放学之后，我偷偷跟踪浩介。虽然心里觉得这样很不好，但是我想了解真相，而且，我为自己找了一个冠冕堂皇的理由——身为班长，必须知道这到底是怎么一回事。

走出东门后，浩介果然走向天神桥。我家也在那个方向，于是我和他保持着三根电线杆的距离，悄悄走在他身后。但是我越来越觉得自己很没出息，更觉得很对不起浩介，好几次想鼓起勇气叫他，可是一想起他刚来学校那天的冷漠眼神，最后还是叫不出口。

浩介走上天神桥的堤防，笔直走进了河童林。

我努力克制着内心的害怕，鼓起勇气跟着他走了进去。河童林里杂树丛生，有很多小树枝，光线很昏暗，而且有一股既像是青草，又像是灰尘的怪味道。昏暗的尽头，传来水流入河童渊里的哗哗声，我内心涌起一股难以形容的不安和害怕，终于忍不住叫出声：

“浩介！”

周围的环境似乎被我的叫声吓到了，连水流声也好像暂时消失了。一阵沉默后，浩介从树林深处探出头。

“原来是你啊。”

我可能快哭出来了，搞不好连泪水都在眼眶里打转。

“你一个人吗？”浩介淡淡地问。

“对，一个人。对不起，我跟踪你……”

我以为浩介会生气，对黑暗的不安和害怕，仿佛变成了对浩介的害怕。

浩介沉默了很久，终于开口说：

“跟我来。”

然后，他就走进了河童林的深处。

树林中有一条像是浩介走来走去形成的小径，像隧道般的小径可以让小孩子蹲着钻进去,大人的高度看不到这条隧道。

“这条路是你走出来的吗？”

“对啊。”

“好厉害！”

“这棵树上有刺，小心点。”

我跟在浩介身后，在隧道里爬行。

隧道从树林的入口蜿蜒了二十米左右，前方突然开阔起来。那里有一片大约三米的圆形平地，周围长满了树木。地上铺着干草，也有可以当成桌子使用的树桩。阳光从茂密的树木缝隙洒了进来，隔着树木看向发出水声的方向，可以看到河童渊的碧水。

浩介有点故弄玄虚地说：

“这里是我的秘密基地。”

“秘密基地？”

“对，别人都不知道的地方。”

“你不住在这里吧？”

“那当然啊。”

“因为……”

我把教室里发生的事告诉了浩介，把有几个人跟踪他，以及认为他是河童的事统统告诉了他。

“不瞒你说，我就是河童。”

“什么？”我愣住了。

“哈哈哈，如果我真的是河童那就好玩了。”浩介笑着说。

“吓了我一大跳。”

看到浩介的笑容，我终于松了一口气，说：

“对不起。”

“为什么说对不起？”

“因为这里是你的秘密基地啊。”

“也对啦，不过，早晚会曝光的。”

“但是……”

浩介看着一脸歉意、手足无措的我，问道：

“你觉得这里怎么样？”

“嗯，好兴奋！”

“那这里就当作是我们两个人的秘密基地。”浩介说完，从干草下抽出一把开山刀说：“跟我来。”

“好。”

浩介拿着开山刀，走到合欢树下。虽然浩介很壮，但毕竟是小孩子，那把开山刀拿在他手上显得特别大。

“我们把这棵树当作我们的守护神。”浩介说完，用开山刀用力砍向合欢树粗大的树干，灰色的树皮被砍裂了，露出了浅白的木头原色。

“换你。”浩介把刀交给我。

那把开山刀拿在手上很沉重，我用力握着刀，对准浩介刚才砍的位置，用力砍了下去。

“咚”！

合欢树的粗大树干上留下了我和浩介合力砍出来的痕迹，看着那个白色的“×”记号，虽然有点于心不忍，但我却好像在念咒语般在心里默念了“秘密”这两个字好几次。

瞭望台上

“小智，把绳子递给我。”

“这根吗？”

“不是，是细的那根。”

“我丢咯。”

“好，谢啦！”

我正站在枝叶茂盛的合欢树下，浩介像猴子一样踩在树枝上，把绳子绑在上面。

从闯入河童林那天至今已经两个月了。我每天都来这里，

为了避免被明良他们发现，我和浩介还故意走不同的路过来，不断改建我们的秘密基地。

这里原本只有一个房间，如今已经增加到五个。我们目前所在的地方是守护神的房间，另外还有仓库和厕所，以及我和浩介的房间。我们可以设计各自的房间，但其他的都两个人一起动手。

“小智，铁线，拿铁线给我。”

“这个吗？”

“对，丢给我！”

“我丢过去咯。”

“谢啦！”

虽然浩介很喜欢使唤别人，但我觉得这种直率的态度反而更容易相处。他和我聊了很多事，学校的事、玩的事，尤其说到钓鱼的事，整个人表情都亮了起来。

我们在学校仍然装陌生，虽然我们在这里聊得很开心，也玩得很开心，但在学校至今仍然没有说过一句话。我曾经向他打过一两次招呼，不过浩介完全不理我。

所以，不要说老师和同学，就连我妈也不知道我们之间的关系。即使我们在学校不说话，也没有影响我们之间的关系，既然浩介喜欢这样，我也无所谓。而且，这种秘密的感觉也很不错！

“已经绑好两根当脚架了，再给我一根新的原木。”

“这根吗？”

“哪一根都可以，快点啦！”

“你拿得到吗？”

“拿得到。”

我踮着脚把树枝递给站在树上的浩介，浩介也用力伸出手，接了过去。

“等我绑好这根，就来吃午饭。”

“OK，你小心点。”

“我怎么可能掉下来。”

浩介把原木绑在树枝上，他用三根圆木在树枝上组成一个平坦的三角形作为房间的地板。也就是说，他要在树上做平坦的地板，把那里当作瞭望台。

老实说，这个计划是我想出来的。我看了一本名叫《水浒传》的书（虽然是漫画）后想到的，我觉得那些绿林好汉攀在陡峭的岩石上瞭望太帅了，所以很想在这里也做一个。

一开始，浩介露出不太乐意的表情，但他最后还是配合

我。我这才发现，当我们两个人决定某件事时，无法少数服从多数，其中一个人必须忍耐，否则就会吵架，这次浩介愿意忍耐。虽说有要忍耐的事，但对我们来说，也是开心的事，像浩介现在就开心地忙得满头大汗。

“好，完成了！”浩介大声说完，手和脚都架在三根原木上，像猴子一样荡来荡去。

“不会有危险吗？”

“小事一桩！”浩介回答得很有自信，之后就沿着梯子下来了。其实也不算是什么梯子，只是一根每隔三十厘米就绑了一个结的绳子而已。

“辛苦了。”

“今天应该可以完成。”

“真的吗？”

“因为师傅很能干啊。”

“来吃午餐吧。”

“好，我先去洗手。”

浩介走去河边，我去自己的房间拿午餐。说是午餐，其实只是加了盐巴的饭团和一个从家里厨房偷来的罐头而已。

虽然我一开始觉得这个树林很可怕，但来了几次之后，就没有这种感觉了。比起在家里和学校，我现在更喜欢这里，被树木的枝叶包围时，可以听到风的呢喃，也可以听到鸟啼和潺潺流水声。这里绝对不是昏暗、可怕的地方，从树叶缝隙照进来的阳光很温暖。

我的房间是四方形的，别以为这是理所当然的事，这里只有我的房间是四方形的，其他的都是圆形。浩介说："动物的巢都是圆的，因为滚来滚去比较方便，而且也比较安心，所以一定要做成圆形。"

他说得很有道理，我发现以自己为中心的房间的确是每个角落伸手都可以摸到的圆形比较方便。至于为什么我的房间要做成四方形，是因为书桌的关系。

一个月前，在丢弃大型垃圾的日子，我在空地上发现了一张小书桌。虽然是要跪坐才能使用的旧书桌，但我很想要，于是就搬来这里。只不过长方形的书桌放在圆形房间很不稳，所以我才特地把原本圆形的房间改成四方形的。

回到守护神的房间时，浩介已经等在那里了。

"饿死了。"

"来了，让你久等啦。"

我从纸袋里拿出饭团和罐头，放在树桩的桌子上。

“是秋刀鱼罐头，真丰盛啊！”

“偶尔吃的话，应该没问题吧。”

“管他什么偶不偶尔，随时都没问题。”浩介大口吃着饭团。

我之所以会说“偶尔”，其实是有原因的。之前我带了便利商店的便当，浩介嗤之以鼻，说：“这种食物太差劲了，不行啦。”（但他还是把便当吃得精光。）

久而久之，我们就决定午餐都吃盐巴饭团，也经常吃钓到的鱼。虽然一开始我们说好轮流准备星期天的午餐，但每回轮到浩介做午餐时，他都准备烤地瓜或是钓来的鱼，还说：“来吃好的，快吃吧。”之后就变成每次都由我带盐巴饭团了，烤地瓜和烤鱼虽然好吃，但跟我亲手做的盐巴饭团相比，实在逊色多了。

“小智，你不觉得罐头食品是男人的食物吗？”

“有吗？”

“对啊，那是男人的味道。”浩介语气坚定地说完便伸手折断了一根树枝，然后又折成两半，做成了筷子，夹起罐头里的鱼。

“好吃，小智，你也快吃啊！”

“好。”

鱼罐头的确很好吃，但也可能是因为在这里，所以无论什么都变得很好吃吧。

食物全都吃完之后，我们两个人躺在干草上。仰躺在干草上时，浩介刚才用原木绑好的三角形刚好就在眼前。

“浩介，等一下要怎么做？”

“把之前锯好的原木排在那个三角形上，全都绑紧，对，就好像绑竹筏一样。”

“最好要有栏杆。”

“好主意。”

“那我也一起帮忙。”我回答后，站了起来。

“现在就要开始吗？”

“心动不如行动！”

“好啊。”

浩介也站了起来，爬上合欢树后用铁丝绑紧我递给他的每一根原木。虽然很费事，但浩介很懂得诀窍，绑到第十根时，他对我说：

“小智，你要不要上来？”

“已经可以了吗？”

我抓住绳梯爬了上去，树上比我想象中更高。

“很高吧？”

“比我想象中更高。”

“你会害怕吗？”

“没问题。”

其实有问题，我知道自己的双脚在微微发抖，为了不让浩介发现，我急忙说：

“我来绑栏杆，绑在这里可以吗？”我把一根原木架在树枝上。

“要绑紧。”

“我知道。”

浩介似乎没有察觉，我开始放心做事。

我们花了一个小时左右，终于做好了瞭望台。

“完成了。”

“对啊，终于完成了。”

“很不错呢！”

“超棒的啊！”

“栏杆也很结实。”

浩介用双手摇着栏杆，我也站起来摇了摇，现在已经不觉得害怕了。

从树木的缝隙可以看到远处，前方可以看到堤防和房子的屋顶，右侧是天神桥，左侧是茂密的树林，树林后方的河童渊一片透明的碧蓝色。

我们站在瞭望台上，可以感受到风从河面吹过来，吹在汗涔涔的身体上很凉快，和待在树下时完全不一样。浩介说：

“小智，有香鱼的味道。”

“什么？香鱼？”

“风啊，风里有香鱼的味道。”

我用力吸着从河童渊吹来的风，却什么也没闻到。

“你闻不出来吗？”

“嗯，闻不出来。”

“香鱼和西瓜的味道有点像。”

“你少骗我了。”

“我没骗你，下次再教你。”

“真的吗？”我仍然半信半疑。

“小智，我第一次看到你的时候，小香鱼不是都游到堰堤上了吗？那时候差不多十厘米左右，现在应该已经长到十五厘米到二十厘米了。”

小智，风里有香鱼味道。

什么？香鱼？

“长这么快？”

“因为香鱼是年鱼。”

“年鱼？”

“就是出生后一年就会死的鱼。晚秋的时候，香鱼在河里出生，幼鱼还没长到三厘米就沿着河流一直游到大海。它们从婴儿的时候就开始旅行了，在海港度过寒冬，春天的时候再洄游到河里。”

“从大海一直游到这里吗？”

“对啊，差不多是像我们这种年纪的香鱼。”

“太厉害了。”

“很厉害吧？香鱼长大之后会吃岩石上的青苔。”

“啊，这我知道，它们会为了争食而抢地盘、打架。啊，我知道了，因为它们吃青苔，所以才会有西瓜的味道吗？”

“搞不清楚。它们度过整天打架的夏天，秋天产下卵之后就死了。”

“听起来好可怜。”

“为什么？”

“因为它们只能活一年啊。”

“并不是活越久越好啊。”浩介笑了起来。我觉得他说的话很成熟。

我看着周围的风景，鼓起勇气问他：

“浩介，你为什么在学校都不说话？”

“嗯，有很多原因啦。”

“在学校完全都不说话很奇怪，只要你愿意开口，应该可以交到很多朋友。有很多朋友的话，不是很开心吗？”

“你真的这么觉得吗？”

“呃？”

我很意外，朋友当然是越多越好啊，我好像在向自己确认般说：

“有很多朋友当然就会有很多快乐的事啊。”

“我可不这么认为。”浩介斩钉截铁地说，“我爷爷曾经对我说，靠十个朋友，不如靠一个朋友；靠一个朋友，还不如靠自己。”

“没这回事。”虽然我很想这么说，却说不出口，因为我就是浩介的那一个朋友。我很高兴能够成为他唯一的朋友，虽然在学校时他从来不跟我说话，但我内心有一种独占浩介的优越感，我当然不可能反驳他说的话。

“小智，我爷爷说，一旦发生地震、台风，即使朋友再多也没有用，如果不懂得保护自己，当然也不可能保护别人，而且……”

“而且？”

“问题不在于能够保护多少人，重要的是，能够保护谁。”浩介难得露出严肃的表情说。

我越来越讨厌自己，我讨厌自己内心的“乖孩子”，什么话都说不出来了。

眼前这条养育了无数香鱼的河流，河水哗哗流着。这条河里的水从我出生前开始，不分昼夜，从不间断，我们听着河水的声音出了神。

不一会儿，浩介开口打断了河水声：

“小智，我们要在瞭望台上瞭望什么啊？”

孤独的金鱼

放暑假后，我和浩介有了一项大计划，我们要去钓金鱼店的鱼，说白了，其实就是去当小偷。结业式的前一天，明良在教室里吹嘘，催生了我们这个计划。

“我昨天和我爸去了钓鱼场。”当明良在教室最后一排的座位上说话时，我们立刻围了上去。

“钓鱼场？哪里的？”

“北町的钓鱼场。”

“就在县道旁的那个吗？”

“对，我爸带我去的。那里的鲤鱼都超大，而且超多的。”明良用力张开双手，夸张地说。

“真的假的？怎么可能？”

“你骗人吧。”

听到大家的议论，明良有点不好意思地说：

“不，差不多这么大。”

他把双手之间的距离缩到差不多六十厘米，然后又说：“反正，那里的鱼超好钓的，全都很大，钓鱼场还贴了一百一十厘米的鱼拓呢。”

一百一十厘米的鱼，这已经超出了我的想象，简直就像是浦岛太郎的乌龟世界。我问明良：

“那个池里全都是鲤鱼吗？”

“对，全都是鲤鱼，只要装上鱼饵就可以马上拉起来，鱼一下子就上钩了，而且因为鱼都很大，所以收竿时超累的，我的手都痛死了！”明良得意地甩着手。

包括我在内的全班学生，除了明良以外，都没有人去钓鱼场钓过鱼，所以更觉得羡慕不已。

真希望可以钓这么大的鱼，只要一次就好，我忍不住这么想。

这时，我突然想到一件事，转头看向教室后方。浩介坐在自己的座位上看着窗外，却伸长了耳朵听我们说话。

“你记得明良说的事吗？”我在秘密基地问浩介。

“钓鱼场的事吗？”

“对，都是那么大的鱼，简直就像在做梦，真想去见识一下。”

“那你去啊。”

“我没钱，两个小时就要一千日元。”

“真贵。”

“很贵对吧？所以，小孩子根本没钱去。他说有很多大鲤鱼，而且超好钓的，好棒啊！”我心里很是羡慕。

“你钓鱼的技术这么差，而且在这条河里就能钓鱼，还钓不够吗？”

“这是两码子事。”

“是两码子事吗？”

“完全不一样。”

浩介想了一下，说：“对了，我想到一个好主意。”

“什么主意？”我很好奇。

“我知道有一个地方有超多大鲤鱼。”

我昨天和我爸去了钓鱼场，那里的鲤鱼都超大的，而且超多的。
怎么可能？
你骗人吧？
真的假的？

“哪里哪里？快告诉我。”

“就在附近。”

“附近？”

“没错，田中金鱼店。”浩介说完，张大眼睛观察我的反应。

“你是说，要去金鱼店钓池里的鲤鱼吗？”

“对啊。”

“不行啦，那不就是小偷行为吗？”

“的确是……小偷行为。”浩介露出我分不清是开玩笑还是认真的表情说。

“这不行啦。”虽然我嘴上这么说，但还是不由得想起田中金鱼店水池里那一大群鲤鱼。

我曾经跟爸爸去田中金鱼店买过金鱼，县道南北贯穿了北町，那家店就在县道旁，小小的店里除了金鱼和热带鱼以外，还卖饲料和压缩机。

那天，妹妹玩扮家家酒，拿家里的金鱼来炸天妇罗（就是把金鱼沾满沙子，当成天妇罗来炸的家家酒），结果把金鱼弄死了，所以我们又去买了两尾红色金鱼和一尾水泡眼金鱼。其实比起金鱼，我更想要条纹图案的斑马鸭嘴鱼。

店外有十个水泥水池，分别有金鱼和锦鲤在水池里游来游去，后方还有一个二十米左右的大水池。小水池中的水很浅，水也很干净；但像游泳池那么大的大水池很深，池里都是绿色混浊的水，不时可以听到大鲤鱼发出拍打水面的声音，不难想象里面有很多鲤鱼。

浩介特意强调了“假设”这个前提问我：

“小智，假设啦，我是说假设真的要去田中金鱼店钓鲤鱼，你会怎么做？”

“这样啊，那当然要在晚上。在夜深人静的晚上，或是清晨去钓。”

“怎么钓？”

“那家店前面虽然有围墙，但我记得后方只有灌溉用水路和马路隔开，所以，只要从灌溉用水路爬上去就好。”

那个像游泳池般的水池后方就是灌溉用水路，目前这个季节，那里几乎没什么水。灌溉用水路的高度一米半左右，我们只要一伸手，就可以爬上去。

浩介一脸奸笑地调侃我：

“你真是天生的小偷嘛。”

“你不是说假设吗？”我急忙辩解。

“没错，不过，那是个超完美计划。”浩介看着我的眼睛说。

的确是超完美计划。只要沿着灌溉用水路走，就不会被人看到，更何况是深夜或清晨，绝对不会有问题。

“那就只好行动了。”

“……好。”

我这辈子第一次决定当小偷。

第二天，我一大早就溜出了家门。在和浩介约定的凌晨四点，二十四小时营业的便利商店里有两三个客人，但不见浩介的身影。我只好走出店外，在自动售卖机前等他。

“小智，你等很久了吗？”

浩介很快就出现了。

“没有，我也才刚来。”

我们两个人都微微压低了嗓门说话，然后立刻向田中金鱼店的方向走去。我们穿着 T 恤，凌晨的风吹在手臂上很凉爽。满月很明亮，挂在天空看着我们，也好像在监视我们。但是，我心里没有一丝愧疚，反而充满了“好好干一场”的斗志。

浩介也没有说话，我们两个人默默走在路上。走了一会儿，来到田中金鱼店附近的灌溉用水路的桥上。

“走吧。”浩介小声地说，沿着桥下的阶梯走进灌溉用水路，我也立刻跟了上去。

灌溉用水路的底部是水泥地，大约有五厘米的水缓缓流动。灌溉用水路内一片漆黑，只有水面反射了满月，好像一条白色的带子。水都渗进了球鞋，感觉很不舒服，但我们还是蹑手蹑脚地走向田中金鱼店。

“小智，到了。”

“嗯，应该就是这里。”

我们双手紧抓着堤防上的草，爬出了灌溉用水路。伸长脖子一看，电灯照射的巨大水池就在面前，果然就是田中金鱼店。

浩介从口袋里拿出钓具交给我，所谓的钓具，只是在钓鱼线绑个鱼钩而已，但想到万一被逮到，可以马上藏入口袋里，所以最后还是觉得这个简单的钓具最理想。我们带了吐司面包当鱼饵，事实上，这种水池里的鲤鱼什么都吃。

“小智，我帮你把风，你赶快去钓。”

“可以让我钓吗？”

“当然啊，动作快一点。”

我用指尖把吐司面包压扁后，像黏土一样搓圆，挂在鱼钩上。然后四处张望了一下，轻轻扔进水面。

鱼饵沉入水中，泛起一阵涟漪。这时，右手拿着的钓鱼线突然绷紧了。

“来了，来了！”

“别慌，慢慢来。”

我慢慢地把钓鱼线拉了过来，可以感受到鱼在水中甩着头。

“听我说，不要让鱼挣扎，尽可能不要发出声音。”

“好，但是好重啊。”

大鲤鱼似乎想把我拉进漆黑的水底，我手臂用力，想把鱼拉过来。钓鱼线刚开始绷成一直线，然后突然一下子变轻了。

“被它逃走了吗？”

“对，逃走了。”

我紧张不已，心脏快要跳出喉咙了。不是因为偷东西的罪恶感，而是钓大鲤鱼的刺激惊险占据了我的心。我重新装了鱼饵，再度丢进水池。

“咕啵”。

钓鱼线很快又被拉紧了。

“啊！”

但鱼又逃走了。

“因为没有钓竿，所以鱼很容易逃走。”浩介说。

“好难啊。”

“你试着用手增加回弹的力道，然后轻轻拉过来。”

“好。”

“别担心，你很快就会钓到的。”虽然浩介这么说，但我觉得时间很漫长。不知道会不会被店里的人发现，不知道会不会快天亮了，我的内心充满不安。

“好，上钩了。”

没想到这次钓鱼线的拉力很轻。

“浩介，这次应该可以钓上来。”

“是吗？慢慢来。”

那条鱼左甩右甩，还是慢慢靠了过来，等鱼来到我的下方附近，我轻轻地快速拉起钓鱼线。

“咕嘟”。

鱼的影子浮现在半空中。

浩介立刻伸出双手抓住，飞快塞进黑色塑料袋里。塑料袋里传来“啪嗒啪嗒”的声音，浩介边往袋里装水边说：

“很好，再钓一次！”

“不要了啦，走吧。”

“不钓了吗？”

“对，我的心脏快爆了……”

“真没出息。”

我把钓鱼线揉成一团塞进了口袋，然后抱着在塑料袋里活蹦乱跳的鱼，两个人一起在灌溉用水路中奔跑。

来到秘密基地时，天色已经亮了。

我们一口气跑到河童渊，把一路小心翼翼抱回来的鱼放进了鱼塘。鱼塘中原本就有鱼，当我们扯破塑料袋时，鲜红色的鱼在一群黑鱼中格外显眼。

“啊，是金鱼！”我们忍不住叫了起来。

“原来是金鱼，不是锦鲤。”

虽说是金鱼，但也是将近三十厘米的大金鱼，鲜红的身体圆滚滚的，裂开的尾鳍呈三角形。

“真漂亮！”

“对啊。”

金鱼六神无主地在鱼塘里游来游去。一直到前一刻为止，我们的心脏像是快要爆炸了，但我想今天最受惊吓的应该是这条金鱼。

“金鱼是从中国来的。”

“什么？中国？”

“对，金鱼是在中国制造出来的。”

“制造出来？”

“对，是制造出来的。你知道基因突变吗？”

“我知道。”

“金鱼原本是鲫鱼，鲫鱼发生基因突变，变成了红色，称为红鲫。被人发现后，用人工的方式让这些产生基因突变的红鲫相互交配，就变成了金鱼。”

“是噢，难怪这么漂亮！”

“哪有漂亮？”

“啊？你不觉得金鱼漂亮吗？”

“外表的确很引人注目，对了，你打算怎么处理这条金鱼？”

“嗯，怎么办呢？”

“又不是要吃的鱼，总不能让它一直留在鱼塘里。”

“嗯，对啊，那就把它放去河童渊。我想金鱼回到大自然，应该会很高兴吧。”

我觉得自己的点子太棒了，把金鱼店的金鱼放回大自然

的河里，金鱼一定会很高兴。而且，我觉得自己好像营救了被囚禁的金鱼，这种感觉超帅的，也许是我内心试图用这种想法让自己的偷窃行为合理化。

“放到河里去吗？”浩介问。

“对啊，你不觉得是好主意吗？”我有点得意地回答。

“放回河里。”浩介又说了一次。

“你觉得有什么问题吗？”

“没事。”

“干吗这样，有话就直说啦。”

“没事，这是你钓到的鱼，你想怎么处理都没问题。”浩介说完，独自走向我们的秘密基地。

我继续看着金鱼在水中游动的样子，红色的鳞和透明的尾鳍非常漂亮。

那天晚上，我做了一个梦，这个梦很真实。我在梦中变成了一条红色的鱼，在河童渊游泳，水流很急，鼓起的肚子和大鱼鳍很碍事，无法顺利向前游。其他鱼都咻咻地游过我身旁，就连鲦鱼也都嘲笑我。我游去水流速度很慢的深潭，一条大鲇鱼从岩石后方张着大嘴现身了，还有一条鳗鱼躲在一棵倒在水中的树木后方对我虎视眈眈，个个都想把我吞下肚。

“我才不要被你们吃掉！”

我拼命逃走，但无论怎么逃，都迟迟无法前进，即使大喊大叫，也没有朋友来救我，我是一条孤独的金鱼。

好不容易逃脱险境，我决定在浅滩休息一下。才刚松了一口气，一个黑影从天空中飞过来。是黑鸢！黑鸢的尖嘴咬住我的身体，一口气就吞了下去。我在黑鸢温暖漆黑的肚子里想：“水流太急的地方，我游不动，但在清澈的水中，我又太明显了。”

醒来时我满身大汗，发现闹钟指向凌晨四点。我偷偷溜出家门，以免被家人发现，然后直奔秘密基地。我在水桶里装了水，把金鱼放进水桶后拔腿跑了起来。我奋力跑向田中金鱼店，水桶里晃出来的水弄湿了我的白色球鞋。

金鱼乖乖地在水桶里晃来晃去，不知道它是醒着还是睡着了。

精灵巡游

暑假期间，我和浩介玩得很痛快。可以说，是至今为止的六个暑假中，玩得最尽兴的一个暑假。我几乎很少在家，从一大清早到天黑，整天不是去河里玩，就是待在秘密基地里。

虽然我已经完成了暑假作业，但妈妈整天没有好脸色。吃早餐时，妈妈开了口："小智，你又要出门吗？今天就留在家里，别出门了。"这句话已经成为她最近的口头禅了。

"嗯……"我故意低头吃饭装糊涂。"爸爸，你偶尔也说说他嘛。"

今天是星期天，爸爸难得在家里。

“小智，怎么了？你整天都往外跑吗？”

“对啊，哥哥每天都出去玩，好坏哟。”妹妹雅子说。

“雅子，你怎么不出去玩？”爸爸问。

“因为妈妈会生气。”

“我也骂了小智，但他越来越不听话了。”

“是吗？”爸爸笑着回答。

妈妈很啰唆，我喜欢爸爸。虽然他发脾气时很可怕，但不管我做什么，他都不会干涉我。

“你偶尔也要听妈妈的话。”

“嗯，我知道了。”

“小智每次答应了却做不到。”妈妈插嘴说。

“小智，你晒得很黑。”

“嗯。”

“哥哥好像河童！”雅子说。

“你少啰唆。”

“好痛！”我踢了雅子一脚。

爸爸看着我的脸说：

“真的像河童，不，像渔夫的小孩。”

“渔夫？”

“妈妈可不想你变成渔夫的小孩，所以要好好用功。”虽然妈妈这么说，但我很开心。

渔夫对我来说具有特别的意义，因为浩介的爷爷是专门在河里打鱼的渔夫。

盂兰盆舞大会的那天晚上——平时我在晚上出门，妈妈都会很啰唆，只有这天是特别的日子，所以我和浩介相约晚上去秘密基地。夜晚的河童林静悄悄的，远处传来盂兰盆舞大会的鼓声和扩音器的声音，却让夜晚的天空也热闹起来。

“嗨，小智，你这么晚才来。”

“我刚才去学校晃了一下。”

“看盂兰盆舞大会吗？”

“对啊，你有没有去？”

“来这里之前，去瞄了一下。”

“你讨厌人多的地方吧？”

“不会啊，我喜欢庙会。”

“是啊。”

我很意外，因为浩介是怪胎，我以为他会讨厌盂兰盆舞大会或是庙会。

妈妈可不想
你变成渔夫的小孩。

真的像河童，
不像渔夫的小孩。

你少啰唆。

哥哥好像河童。

“但看了之后很失望。”

“为什么？”

“因为我之前住的地方，盂兰盆舞大会不是这样的。”浩介有点得意地说，“整个城市都在疯狂跳舞，连续四天彻夜狂欢。”

“彻夜狂欢？”

“对啊，而且除了本地人，还有观光客，大家从白天到晚上一直又唱又跳，超热闹的！”

“是啊。”

我很想见识一下，我也想去看看浩介从小长大的城市和河流。

“以前爷爷经常带我去。”

“你爷爷带你去？”

“我爷爷会绑上兜裆布，铆足了劲去参加。”

“每个人都绑兜裆布去庙会吗？”

“不是每个人，而且我爷爷平时也绑兜裆布，不穿内裤。”

“兜裆布呀。”

我们想象着自己绑兜裆布的样子，忍不住笑了起来。

“我爷爷是在河里打鱼的渔夫。”

“河里打鱼的渔夫？”

“专门抓河鱼和螃蟹去卖。”

原来浩介的爷爷是在河里打鱼的渔夫，难怪浩介游泳游得这么好，而且关于鱼的知识也很丰富。之前的疑问终于有了答案。

“我想听你爷爷的事。”

“我爷爷……”浩介迟疑了一下，再度开了口，“我爷爷现在住在岐阜的一家大医院里。”

“什么？住院？”

“对，他喝太多酒了，肝脏出了问题。”

“是啊。”

“所以，我才会转学，搬到这里。”

我第一次听说这件事，虽然我们是好朋友，但之前我从来不向他打听这种事。

“其实我一个人住，自己去学校都没有问题，但之前学校的老师坚持要我来亲戚的阿姨家住。”

“那你的爸爸和妈妈呢？”

“……我才没有这种东西呢。”

他没有爸爸，也没有妈妈。我在惊讶的同时，也觉得自己问了不该问的问题。

但是，浩介并没有察觉我内心的想法，继续说了下去。

“我爷爷很喜欢河，所以他靠抓鱼、卖鱼为生。春天时可以抓石川鲑（石川鲑，樱花钩吻鲑亚种之一），夏天专门抓香鱼和鳗鱼。我从小就跟着爷爷到处去玩，爷爷除了抓鱼以外，还会抓螃蟹、采蕈菇和野菜。”

“好厉害！”

“我爷爷在我们那里是名师。”

“原来是名师啊。”

“嗯，比方说，只要看到一条河，他就可以说出哪里有什么鱼，鱼现在在想什么，在吃什么，反正他统统都知道。”

“原来你和你爷爷一样。”

“我差远了，只知道一点皮毛，不过是在模仿爷爷而已。”

“但是，你爷爷为什么会知道？”

“我也问过爷爷，问他怎么会知道河里的情况。爷爷回答说：‘只要每天看，每天看，每天都想着鱼的事，自然就会知道。’”

“只要每天看就知道吗？”

“爷爷是这么说的。”

“所以，你每天都在看河吗？”

“是啊，虽然我还没有办法变成名师。”

“你也想当在河里打鱼的渔夫吗？”

“对啊，但爷爷说不行。”

“为什么不行？”

“爷爷说，已经没有任何一条河可以让渔夫靠抓河鱼为生了。”

“什么意思？”

“河里的鱼越来越少了，市面也有很多养殖的鱼，所以越来越难养活自己。”

“是啊。”

浩介爷爷说的话很有意思。我没有爷爷，而且觉得男人不当上班族，靠打鱼为生的生活方式超酷的。

“你爷爷很凶吗？”

“嗯……他很古怪。他对我很好，但村里的人似乎不喜欢他。”

“为什么？”

“说来话长……”

“没关系，你说嘛。”

“这样啊……”浩介稍微皱了皱眉头，慢慢说了起来，“我是听爷爷的渔夫朋友说的，他们说我爷爷以前很开朗，很喜欢参加庙会，其他渔夫也都很喜欢他。但自从某起事件之后，他就不再和其他人说话了。”

“某起事件？”

“那是我刚出生不久的事，河的上游建了一座纺织厂，工厂排放的废水污染了河流，很多鱼都死了。”

“那不是很糟糕吗？”

“很糟糕啊，因为村民都很喜欢那条河，大家都很生气。村里的渔夫都说，一旦鱼死了就没办法过日子了，所以这件事在村里引起了轩然大波。”

“结果呢？”

“工厂方面派人和村民沟通了好几次，但是有很多村民也在那家工厂上班，所以村民分成了两派，一派希望工厂关门，另一派则睁一只眼，闭一只眼。工厂方面试图用金钱来解决。”

“后来呢？”

“那件事之前，爷爷是一个开朗、善良又温和的人……有一天，他闯进工厂叫骂，然后切腹了。”

“什么？切腹？”

“对，没错。大家都吓坏了，爷爷大叫着：‘既然你们放毒杀了我们的河流，就等于叫我们去死。如果你们要杀了这条河，我今天就死在这里。’爷爷当时就拿起刀子，立刻刺进自己的肚子。”

“真的切腹？”

“是啊，但爷爷并没有死。”

“之后呢？”

“爷爷想要以自己的生命保护那条河，却没有成功。工厂方面扬言，一旦把事情闹大，就不愿再付钱了。后来村民中也有人开始责怪爷爷，说他做得太过火了，还有人说他根本就疯了。”

“怎么会这样？”

“爷爷想要用生命保护那条河，没想到……”

“……”

“虽然大部分渔夫都认同爷爷，但那次之后，爷爷不再理任何人，他的朋友一个一个离开了他。所以爷爷很古怪，只对我很好，却不理其他人。”

我太震惊了，一句话都说不出来，我以为只有在电影中才会有这么夸张的事。

“小智，你是不是觉得这件事很愚蠢？”

“不会，虽然我也不太清楚，但我很震惊。”

“是啊。”

“浩介，你在学校不说话，也是因为你爷爷的关系吗？”

“那是两码事，因为我和爷爷不一样。”浩介说完，爬上了瞭望台。

我抬起头，觉得浩介一个人站在瞭望台上的身影就像停在树上的鸟。他抬头仰望着夜空，一动也不动。

我忍不住心想：

浩介的爷爷想要用生命保护什么？

为什么浩介的爷爷不再说话？

浩介的爸爸和妈妈到底怎么了？

但无论我再怎么绞尽脑汁，都想不出答案。

不一会儿，树上响起了浩介的声音。

“小智，这里可以看到好东西。”

“看到什么？”

“别问了，你上来吧。”

我握住绳梯，爬上瞭望台。

“哇，好漂亮！”

是精灵巡游！矢作川宛如黑暗中的大蛇般弯曲着，几百个灯笼沿着这条黑色的河从上游漂向下游。

河水在夜晚也继续流动。

浩介幽幽地说：

“小智，你知道什么是绝交制裁吗？”

“嗯，我听说过。”听说从前日本农村里，如果有人破坏了村落秩序，经过村议会决定将他制裁或放逐，全体村民就跟他绝交，不能往来。

“但我爷爷不是遭到村民的绝交制裁，是他主动和其他人绝交。”浩介看着河面说完之后，又陷入了沉默。

灯笼一直连绵到很远、很远的地方，好像在确认这条河的流向。

我们身后持续响起盂兰盆舞大会咚咚咚的鼓声。

鸟巢

暑假快结束了。

那天，我和浩介一大早就跳进河童渊嬉戏、抓鱼，中午之前就累瘫了，趴在石头上晒日光浴。

“浩介，你暑假作业都做完了吗？”

“暑假作业？我才不做呢。”

“不做？完全没做？”

“对啊，我根本不想做。”

“这样不行啦。”

“你全都做完了吗？”

“我吗？做完啦，只剩下美劳而已。”

“那你不也还是没做完？”

“因为我不太会美劳嘛。”

浩介翻身躺着，看着天空，半晌后对我说：

“好，那我们现在来做美劳。”

“在这里？”

“对啊。”

“但这里没有工具啊。”

“不需要什么工具，不是可以自由发挥吗？那就用这里的树木和石头来做啊。”

“可以吗？”

“当然可以，你不是自己动手建了秘密基地吗？”

浩介说的没错，听他这么一说，就觉得的确没有不可能的事。浩介穿上原本晾在石头上的衬衫后，说：

“问题是要做什么。”

“对啊，我每次都无法决定。像是画画或是美劳，每次老师说可以自由发挥，我就迟迟无法决定。”

“这样啊……好，就这么办！”

“你已经决定了？”

浩介跳下石头，走进树林里。

“浩介，你打算做什么？”

“不告诉你。”树林里只传来他的声音。

我独自留在岸边，思考着到底要做什么，但无论怎么想，都想不出什么是能够在这里做的。

不一会儿，浩介从树林里拖着一根很长的藤蔓走了回来。虽然我不知道那是什么藤蔓，但藤蔓长度约有三米长，上面有不少像手掌般大的树叶。

“浩介，你要用这个做什么？”

“这个嘛，你就拭目以待吧。”

浩介一只手握住藤蔓，另一只手则把藤蔓上的枝叶搓了下来，藤蔓立刻变成了一根很长的绳子。我自己迟迟无法做出决定，直盯着看浩介打算做什么。

浩介开始用双手慢慢搓着藤蔓。

“为什么要这么做？”

“这样搓一下之后就会变得很牢固，藤蔓的质地原本很脆，但只要像这样搓一下，就会变得又软又牢固。”

浩介似乎打算用这根藤蔓做成的绳子来做些什么。

浩介，
你要用这个做什么？
这个嘛，
你就拭目以待吧。

“可以做什么？”我问。

“你赶快去做你自己的啦，你一直问会让我分心，等我做完了再给你看。”说完，他就走向上游的方向。

我只好回到秘密基地所在的树林。树林里有很多刚才浩介带回来的藤蔓，我原本想要使用，但却不想和浩介做一样的事，我也有自尊心。于是我爬上瞭望台四处张望，却看不到浩介的身影。回头一看，有一辆带着车篷的卡车驶过远处的堤防，扬起一阵尘土。

“唉，真伤脑筋啊。”我自言自语着。

这时，我突然听到一阵拍翅的声音，一只鸟儿飞了起来。鸟儿躲进了茂密的树叶中，我不知道那只鸟的名字，但那的确是一只大鸟。

难道那里有鸟巢吗？

我定睛看向传来鸟儿拍翅声音的方向，冬天的时候很容易找到鸟巢，但夏天时，鸟巢在树木枝叶的掩护下很难被发现。就在这时，我想到了一个好主意。

对了，我来做鸟巢！

虽然我从来没有做过鸟巢，但以前曾经和浩介一起爬上电线杆仔细观察过。那是乌鸦的巢，除了树枝以外，还巧妙地使用了衣架和坏掉的雨伞。既然乌鸦能够做到，我有双手，不可能做不到。

我爬下树，尽可能搜集了很多树枝，坐在秘密基地的正中央，开始制作鸟巢。我想模仿乌鸦的巢，把树枝做成圆圈的形状，却无法顺利组合起来，树枝很快就散掉。我只好把树枝一根又一根缠起来，固定在一起，这需要极大的耐心。

中途有好几次以为无法成功，但我没有气馁，继续努力着，渐渐掌握了诀窍。树枝终于能顺利组合在一起，慢慢有了鸟巢的形状。

“太好了！”看到自己的成果，我忍不住欢呼起来。

“浩介！”我大声叫着冲了出去，发现浩介在刚才的石头上等我。

“完成了吗？”

“嗯！”

“给我看。”

我把藏在身后的鸟巢递到浩介面前。

“原来是鸟巢，很不错嘛。”

“很不错吧，我很喜欢，我也要看你做的。”

“我做了这个。”

浩介单手递过来的是石斧。他用藤蔓把一块差不多像手掌大的扁石头绑在一根看起来很坚硬，长度大约四十厘米的漂流木上，形状好像是原始人用的石斧，拿在手上时沉甸甸的，而且他绑得很牢。

“这个很棒！”我说。

“是不是超棒的？”浩介说得很得意。

“对，只比鸟巢差一点点。”

我笑着说道，浩介也哈哈大笑起来，然后我在脚边捡了两颗像鸟蛋大的石头，放进鸟巢里说：

“这样就一百分了。”

漫长的暑假也在转眼之间就结束了。开学后，鸟巢、石斧和其他同学的作品一起陈列在教室后方的置物架上，其他同学的作品都是用硬纸板、空盒或轻木材制作的，我们两个人的作品在其中显得与众不同，吸引了大家的目光。

“这两个是不是一起做的啊？”有人问道。

的确很明显，我也觉得有点不妙。

一个星期后的某一天，老师叫我们吃完营养午餐后去找他。

“小智和浩介午休的时候来自然教室一下。”班导师“酷斯拉”说完，就走出了教室。

“老师为什么找我们？”我看了一眼浩介，他仍看着窗外。

吃完营养午餐，我和浩介先后走出了教室。因为我很在意其他同学的窃窃私语，我在自然教室前等浩介，两个人一起打开了自然教室的门。一走进去，“酷斯拉”在准备室后方向我们招手。

“不好意思，还让你们特地跑一趟，你们两个过来这里吧。”

我们有点紧张地走进位于自然教室后方的准备室。准备室内放了骷髅头和人体模型，架子上整齐地摆放着浸泡在福尔马林中的鱼和药品。

“谢谢你们来找我，我要找你们谈的事有点难以启齿，那我就实话实说了，老师想要你们的作品。”

“啊？”

“很奇怪吧？照理说，老师不应该向学生索取美劳作品，但我真的很想要你们的作品！”

“酷斯拉”竟然想要那种东西，实在太奇怪了。

“我知道那是你们的宝贝，但如果你们不介意，可不可以送给我？”

“好啊！”我不假思索地回答，虽然我很喜欢那个鸟巢，但老师也喜欢它，这件事更令我感到高兴。

“浩介呢？”老师问，浩介不发一语地点点头。

“太好了，真的太好了！”

“老师，你为什么想要那种东西？”

“嗯，我对那两个作品的喜爱超出了你们的想象。”

“为什么？”

“该怎么说呢……嗯，那个鸟巢和石斧不光是暑假作业而已，而是你们在无意识中，展现了人类从诞生在地球上迄今为止的创造，或者说是人类应有的创造。我有这种感觉……嗯，是不是太复杂了？”

我完全听不懂，但老师努力表达的神情和平时在教室时的表情完全不一样，看起来简直就像小孩子一样。

“我听不太懂，反正你要就送给你吧，我可以走了吗？”浩介不耐烦地说完，就走出了准备室。

准备室里只剩下我和老师两个人。

“小智，你和浩介很要好吗？”

“……”

我没有回答。如果回答“是啊”，等于背叛了浩介；如果回答“不是”，又欺骗了老师。

“怎么了？不说话吗？没关系，不说话也是明确的回答。”

无论如何，我和浩介的关系曝光了。

“浩介虽然有点古怪，但是个好孩子，你也这么认为吧？”

我看着老师的脸，点了点头。“既然你是他的朋友，我就告诉你。浩介没有父母，从小跟着爷爷长大，最近他爷爷生病住院了，所以他住在东町的阿姨家。”

老师说的和上次浩介告诉我的情况一样。我很想问老师，浩介为什么没有父母，但还是问不出口。

“他吃了很多苦，吃的苦比我还多。”老师感慨地说。

“老师也这么觉得吗？”

“当然啊，浩介做的石斧是坚强的象征，如果自己不是开拓人生的强者，不可能做出那把石斧，也不会想到做石斧。”

老师说的话还是很复杂，但我似乎能够了解。

“至于你做的鸟巢，是爱的象征，是保护鸟蛋，养育小鸟的爱。虽然有点粗糙，但真的很棒！”

“没那么厉害啦。”

“不，你只是没有察觉而已。”

我有点害羞起来。

“老师……”

“怎么了？”

“浩介的爷爷身体好转的话，他就要回岐阜吗？”

“你很担心吗？老师目前也不知道会怎么样，以前都是爷爷照顾他，但以后可能没办法了，可是也不能把生病的爷爷独自留在岐阜。”

“是……”

“不必担心，一定会有办法的。小智，我想问你一件事。”

“什么？”

“暑假的时候，你是不是抓了很多鱼？”

“啊？老师为什么这么问？”

老师怎么知道我在暑假时整天都在抓鱼？

“你晒得这么黑，老师当然看得出来啊。而且，上游泳课的时候我观察了一下，只有你和浩介两个人的背特别黑，那是在水中抓鱼的‘证据’。”

“老师观察得真仔细！”

“哈哈哈，被发现了吧，因为老师也一样。”

“老师也喜欢鱼吗？”

“超喜欢的，不过，我只观察而已，毕竟我是自然老师啊。”

“研究鱼吗？”

“没那么了不起，只是在调查矢作川的鱼，有一半是兴趣。”

真是太让人意外了，矢作川是我最喜欢的河流，没想到在我身边就有人正在专门研究生存在其中的鱼类。

“老师，你的研究会让矢作川变干净吗？”

“没办法吧。”

“那就没什么了不起。”

“你可真严格啊。”老师亲切地笑了起来。

这时，我发现老师的眼神和浩介在谈论鱼的时候很像。

“老师，你喜欢鱼的哪一部分？”

“哪一部分……全部吧。好，小智，我问你一个问题，鱼在游泳时看哪里？”

“嗯，看着上游吧。”

“没错，鱼永远都游向上游的方向，这一点很棒。而且，即使停止不前的时候，鱼也在水流中游泳，你了解吗？”

“大概能了解。”

“是吗？太好了，而且鱼在睡觉的时候也不会闭上眼睛，一定在看什么东西，你了解吗？”

“好复杂。”

“是吗？鱼的外形都具有功能性，无论鲇鱼、鳗鱼、鳜鱼还是鲫鱼，都有各自的原因才会变成那种形状，毕竟鱼类是人类的祖先。所有这一切都是鱼的魅力，你了解吗？”

“不是很了解。”

“没关系，但你再听我说一件事，我在读大学时曾经研究过‘鱼到底会不会哭’这个课题。”

“鱼会不会哭？”

“你觉得呢？”

“好难，但是，鱼应该也有想哭的时候吧？”

“嗯，老师也这么觉得。鱼应该也会哭，只是必须证明。”

“证明？”

“因为肉眼看不到内心，所以必须用具体的方式证明鱼在哭。”

“那就只有眼泪了。”

“没错，关键就在于鱼会不会流眼泪。”

“眼泪……所以，鱼到底会不会流眼泪？”

“目前研究认为鱼没有泪腺，所以没有眼泪。”

“所以，鱼不会哭吗？”

“未必啊，即使没有眼泪，搞不好也会哭啊。”

“真复杂。”

“的确很复杂，所以我至今仍然潜在水里观察鱼。”

老师虽然说不知道，但仍然相信鱼会哭。

“但是今年夏天，我在矢作川看到了有趣的东西。”

“什么东西？”

“河童。我在河童渊发现了两个河童，他们有时候也会爬到树上。”

老师说的是我和浩介。

“老师，原来被你看到了。”

“你说呢？老师看到的是河童，可不是你们啊。”

“不可以告诉别人噢。”

“我知道。”老师说完，拿起桌子上的两本资料夹站了起来，又说：“对了，我想请你转告浩介一件事。”

“转告浩介？”

“虽然别人还没有发现，但绝对不会错：石川鲑已经洄游到矢作川了，这可是二十年来第一次。”

“石川鲑？”

“浩介应该比老师更了解石川鲑。”

“好，我会转告浩介！”

我带着兴奋的心情冲出自然教室。

梦幻鱼

放学后，我像往常一样去了秘密基地。走出树林的隧道，发现浩介已经站在瞭望台上。浩介看见我，顺着绳梯爬下来说：“小智，今天吓了一跳，我还以为发生什么事了！”

“‘酷斯拉’真奇怪。”

“对啊，真的超奇怪。不过，小智，会不会有问题啊？”

“有什么问题？”

“大家都好奇我们的关系。”

“没事，我什么都没说。虽然老师发现了，但没想到他是一个很近人情的家伙。”

“那就好。”

“‘酷斯拉’说你很棒，也很担心你。”

“是啊。”浩介说完后躺在干草上。

“浩介，你知道石川鲑吗？”

“知道啊。”

“怎样的鱼？”

“梦幻鱼。”

“梦幻？”

“对啊，这一带只有我以前住的岐阜长良川才有。”

“你有钓过吗？”

“没钓过。”

“那你没有看过吗？”

“有啊，我可是渔夫的孙子，差不多五六月杜鹃花开的季节，它们就会从大海洄游到河里。”

“它们是海里的鱼？”

“嗯，是可以在海里和河里来来去去的鱼。石川鲑幼鱼是溪流鱼，和鲑鱼一样，长大之后就会回到海洋。现在每条河都建了水坝，石川鲑游去大海和游回河川的旅程比以前更

加困难了，目前只有长良川完全没有水坝，所以石川鲑幼鱼去了大海，长大之后会洄游回来。”

“原来是这样，它们很大吗？”

“很大，差不多有四十厘米到六十厘米，幼鱼身上有椭圆形的幼鱼斑，很可爱，长大之后全身都是银色的鱼鳞，脸就变得很凶。”

“是，所以只有没有水坝的河流才有啊？”我问。

“对啊，你为什么会突然提到石川鲑？”

“不瞒你说，今天‘酷斯拉’叫我转告你一件事，他说矢作川也有石川鲑。”

“什么？”浩介跳了起来，“真的吗？真的有吗？”

“嗯，‘酷斯拉’说是二十年来第一次。”

我一回头，发现浩介头也不回地冲向河童渊。

“喂，浩介！”

浩介跑得很快，似乎没有听到我的声音。我跟着跑向河边，浩介像往常一样站在那块石头上，出神地看着河水。我站在浩介身后问：

“有石川鲑吗？”

“……”浩介没有回答。这是他专注于某件事时的习惯，他专注时的背影感觉像是拒人千里。

“那我先走了。”我对着他的背影说道，然后离开了河童渊。

反正浩介一定会在那块石头上站到天黑。

第二天，我上学时在校门口遇见了“酷斯拉”。

“小智，早安！”

“老师早安！”

“酷斯拉”一脸笑眯眯地对我说：

“小智，昨天晚上，浩介来我家了。”

“去老师家里？”

“对，没错，你是不是告诉他石川鲑的事了？”

“对。”

“他晚上八点来我家，希望我把知道的所有情况都告诉他。”

浩介的行动力果然很惊人。他天黑之前都待在河边，然后就直奔老师家。

“老师跟他说石川鲑的事了吗？”

“不……反而是他告诉我很多事。”

“浩介是不是知道很多鱼的事？”

“他太厉害了，不愧是河里的渔夫。我把石川鲑的详细生态告诉他，他认真听完之后说：‘老师，别说书上写的事，可不可以说你在河里观察到的情况。’”

“很像他会说的话。”

“长良川和矢作川的水质、石头以及石川鲑的食物都不同，所以他想知道矢作川的情况，还说他一定要钓到。”

“他说要钓吗？”

“他这么说的啊。”

“是，老师，你觉得他能够钓到吗？”

“虽然这么说对浩介有点不好意思，但恐怕很难。虽然石川鲑在矢作川出没，但整条河只有几尾而已。从天神桥到水源町的五公里之间最多只有二十尾，要钓到的话，恐怕比中宝签奖券还难。”

“这么难吗？”

“对啊，宝签奖券的话必定有人会中奖，但是石川鲑搞不好没有人可以钓到。”老师拍了拍我的头说，“不过，真希望他可以钓到！”说完老师就往鞋柜走去了。

午休时，我在屋顶和浩介见面。虽然我们以前从来没有在学校说过话，但今天实在太特别，我终于忍不住了。

“浩介，你昨天去了老师家？”

“对，‘酷斯拉’告诉你的吗？”

“嗯。”

“他知道很多鱼的事，对河流的事也知道得很清楚，我学到超多的！”

“哈哈，老师也说你让他学到很多。”

“原来他这么说啊，不过我是为了钓鱼做调查，‘酷斯拉’是为了研究做调查，目的不同时，对鱼的观察大不相同。”

“真希望我当时也在场。”

“是吗？昨天我一直观察到天黑，不知道该在哪里钓，也不知道怎么钓，而且我也很想知道“酷斯拉”看到石川鲑时的情况，所以就去了他家。”

“你现在想好作战计划了吗？”

“差不多了，你要听听吗？”浩介从裤子后方的口袋里拿出一张折起的纸，然后坐在屋顶上把纸摊开，说：“小智，你看。”

那是我们这个地区的地图复印件，上面只有矢作川的部分用蓝色荧光笔涂了颜色，有些地方还用红笔做了记号。

“这是矢作川吧？”

“对，听‘酷斯拉’说，矢作川全长一百二十三公里，从大海到天神桥有三十五公里，再往上游五公里的地方就是水源坝。”

“嗯，我知道，水源町的水坝离大海最近。”

“所以，从大海洄游的石川鲑当然会停在水源坝那里。”

“石川鲑无法越过水坝吗？”

“水坝旁虽然有鱼道，但那条鱼道不合格，像石川鲑那么大的鱼过不去。”

“原来是这样。”

“根据‘酷斯拉’的观察，偶尔会有生活在海里的鲈鱼和乌鱼游得过来。”

“要游四十公里，太猛了！”

“真的超猛。”

“浩介，石川鲑到底在哪里？”我问。

“这些红色圆圈，就是‘酷斯拉’看到石川鲑的地方。”

我仔细看着地图，发现水坝下方有八个红色圆圈。

“都在水坝附近，要在这里钓吗？”

“不行，水坝下游三百米是禁渔区。”

“那更下游的地方呢？”

浩介，
石川鲑到底在哪里？

这些红色圈圈，就是
“酷斯拉”看到石川鲑的地方。

“那里是沙地的浅滩，没办法钓鱼。”

“真伤脑筋。”

“但是，你看这里。”

我看着浩介手指的位置，红色圆圈集中在水坝下方，但下游的位置有一个地方也画上了红色圆圈。我很惊讶，因为那里竟然就是河童渊。

“原来那里也有！”

“我之前也没有发现，这条河河水很浅，石川鲑会游到这里休息，之后再一口气游到水坝那里。”

“所以，在河童渊钓就可以咯？”

“那里是唯一可能钓到的地方。”浩介好像在确认般说道。

“你已经决定用鱼饵和钓具了吗？”

“我们的竹竿无法钓到石川鲑，而且现在不是暑假，也没办法每天都坐在河边钓鱼，所以我打算用延绳钓。”

“什么是延绳钓？”

“先准备二十米左右的钓鱼线，每隔一点五米就绑上装了鱼钩的分绳，绑足十根左右的鱼钩，装上鱼饵后沉入河中，你听得懂吗？”

“嗯，我听得懂。”

“每天傍晚放进河里，早上再拉起来。”

“每天？”

“应该吧，我打算每天都去。”

“我也可以去吗？”

“当然啊，那是我和你的猎物啊。”

“啊，太好了！”

我觉得很兴奋，因为浩介一旦投入某件事，就没空理会其他事，我还以为他会觉得我碍事呢。

“鱼饵呢？”

“我打算用活香鱼。”

“活香鱼吗？”

“我爷爷用香鱼当鱼饵钓鳗鱼时，曾经钓到石川鲑。”

哇！这石川鲑到底有多凶猛啊。

这时，第五节课的铃声响了。

“我们今天傍晚先去钓香鱼，明天就开始正式行动。”浩介说完站了起来，走向教室，我也难得兴奋地跟着冲下楼梯。

第二天，我们一放学，就立刻赶到了河童渊，把书包往秘密基地一丢就立刻冲向河岸，脱得只剩下一条内裤。九月的风有点凉意，但河水还不算太冷。我跟着浩介身后，走到

河的中央。我手上拿了两个在沿途捡的可乐空瓶，虽然不知道要怎么使用，但浩介说要用来当浮标。

“小智，就在这里吧。”

这里的河底从河童渊最深处开始倾斜，渐渐变浅，和碧绿色的最深处相比，河底有许多圆形的石头。

浩介拿出卷在木板上的钓具，把钓鱼线的一端绑在我带来的空瓶上。钓鱼线被随着水流漂走的空瓶拉成了一条直线，当钓鱼线全都拉出来后，浩介又把另一端绑在另一只空瓶上，交给了我。

“你拿着。”浩介说完，从绑在腰上的鱼篓里拿出香鱼，“鱼钩要钩住鼻孔，香鱼才不会死。”

浩介为我示范如何把香鱼挂在鱼钩上，他的手松开后，香鱼好好地挂在鱼钩上，活蹦乱跳地随着水流漂走了。

“你真厉害！”我说。

“嘿嘿嘿。”浩介笑着往后退，继续把其他的香鱼挂上鱼钩。

我呆呆地看着随着水流漂浮的白色钓鱼线，在所有的鱼钩上都挂好香鱼后，浩介拿起另一端的空瓶。

“好，小智，你再往左边走几步。”浩介大叫着。

“这里吗？”

“再稍微往左，那里不会很深吧？”

“没问题。”

我在河水淹到肚脐位置的地方停了下来，然后浩介走向对岸。两个人之间的白色钓鱼线被水流冲出很大的弯度，挂在鱼钩上的香鱼不时露出水面，但很快又沉了下去。浩介“扑通”一声钻入水中，捡了河底的石头，把钓鱼线绑在上面，然后看着香鱼的位置，慢慢把石头沉入河底。

“我现在去你那里，你等我一下。”浩介沿着钓鱼线走了过来，空瓶浮标出现在他身后。

“感觉很不错啊。”

“能钓到吗？”

“明天才知道。”

浩介接过我手上的空瓶，用和刚才相同的要领沉入水中。走上岸后，回头看着河面，两个空瓶浮在水面左右摆动。

河童的手

到今天为止，我们已用延绳钓石川鲑一个星期。到第七天的早晨为止，我们的成果有三尾鳗鱼、五尾鲇鱼和六尾黄颖鱼（八根胡须的鲇鱼），虽然没有钓到石川鲑，但最大的鲇鱼有七十厘米，活蹦乱跳的模样，让人收绳时格外兴奋。

浩介把钓到的鱼卖给附近的河鱼料理店，他刚好在河边认识了那家店的老板，老板对他说："如果抓到鳗鱼和鲇鱼可以拿到店里来卖给我。"所以我们捕到的鱼变成了料理店的蒲烧鱼，又变成了我们的钓具和点心。

“不知道今天能不能钓到。”

“不知道呢。”

我们拨开树木，走去河边。

“啊，浩介，来了，来了！”

我看到浮在水面上的空瓶激烈摆动，连忙叫起来。这时，浩介已经握紧收成用的大网子跳进河里。我跟在浩介旁边问：

“是不是石川鲑？”

浩介默默地握着钓鱼线往水中张望，准备好网子。我紧张地绕到浩介身后看，浩介手上的钓鱼线被水中的圆形黑影用力拉扯着。

“那是什么？”

“啧，真是的！”

他拉起钓鱼线，一只乌龟浮出水面。

“是乌龟。”

乌龟伸长了脖子，手脚拼命挣扎。回到岸上后，我们打量着乌龟。

“原来乌龟长这样。”

“你第一次看到吗？”

“对，没想到它的鼻子这么尖。”

“被它咬一口超痛的。”

“听说即使打雷，它也不会松口。”

“是这样吗？”浩介说完，拿起一根树枝放到乌龟面前。乌龟可能因为刚被抓到，情绪还很激动，用力张大嘴巴咬住了树枝。

“咔嚓”一声，树枝折成了“<”形。

“好猛啊！”

我们双眼发亮，看乌龟看得出了神。乌龟有点搞不清楚状况，拼命向后退，却紧咬着树枝不放。过了一会儿，浩介抓着树枝，把乌龟拉了起来，放进鱼篓，再用石头压住盖子，以免被乌龟顶开。

“浩介，好像不太容易钓到。”

“对啊，怎么？你已经想要放弃了？”

“不是，钓到乌龟和鲇鱼都很开心，但还是想钓到石川鲑。”

“对啊。”

“应该很快就会钓到吧？”

“可能快不行了。”

我很惊讶，因为没想到浩介会说丧气话。

“为什么不行？”

“因为石川鲑到了秋天的产卵季节就钓不到了。”

浩介难得愁眉不展，我担心地问：

“你怎么了？看起来很没精神。”

“……不知道这种日子还可以持续多久。”

“什么意思？”

“不，没什么。”

浩介似乎在隐瞒什么。

“小智，我之前钓过很多鱼，从来没有像这次这么强烈地想要钓到石川鲑，虽然连这里到底有没有石川鲑都还不知道。”

“……”

“为什么会为了一尾石川鲑这么执着呢？”浩介喃喃说完，拿起装了乌龟的鱼篓站了起来。

我们穿好衣服，像往常一样在天神桥上道别，各自去了学校。虽然浩介沮丧的样子让我很担心，但完成了一项工作后，感觉朝阳特别灿烂，我一路跑着到学校。

第二天早晨，发生了意外。

六点左右，我像平时一样来到河童渊，发现浩介竟然还没有到。我把书包往秘密基地一丢，先去了河边。

我钻过树枝来到河边，以免朝露弄湿身体。碧绿的河童

渊出现在眼前，平静的水面上飘着一层淡淡的雾霭，除了流水声，还不时听到叽叽的鸟啼声，令人心旷神怡。我不经意地向河的中央一看，不由得惊讶不已。

啊，浮标不见了！

前一天傍晚明明设置好了，难道钩到了漂流木，或是被冲到下游了吗？我心里这么想，四处张望着。

啊，找到了！

浮标空瓶逆着水流晃动着，两个空瓶几乎撞在一起了。一定是钓到了什么鱼，这条鱼移动了就连鲇鱼和乌龟都无法扯动的石头，渐渐移向上游的方向。

大事不好了。我暗想道。

我立刻脱掉衣服，跳进河里，不顾脚下踩不稳，一路踉跄着追向浮标。当我和空瓶只差五米的距离时，情况突然发生了变化。不知道是否察觉到我正在靠近，空瓶竟改变方向，移往河童渊的最深处。

完了！

因为河童渊最深的地方是在大岩石前的一个很深的洞，那个洞据说深度有五米或十米，如果鱼逃去那里就绝对抓不到了。

必须赶快趁现在抓住它！

我拼命伸手，水已经淹到我的肚脐了。

还差一点，还差一点。我心想着，继续追了上去。

在即将抓到空瓶的一刹那，我两脚突然悬空，踩不到河底，被水流冲走了。

“扑通”。

我倒栽葱掉进水中，即使手脚拼命挣扎，仍然无法站立起来。

我被水冲走了，但可以看到清澈的水和后方河童渊碧绿的影子，视野很开阔，有一道光穿越泛着白光的水面，笔直向碧绿的深渊延伸，光线的前方有一个影子。

啊，是鱼！

那个闪着银色的影子正是石川鲑！

下一刹那，“咕噜噜噜噜”。

我喝了好几口水。

我好痛苦，手脚只能无力挣扎，既无法站直，也无法浮出水面。水面似乎很遥远，我知道自己正渐渐失去意识。

蓝色的水渐渐变成灰色，发出“哗哗”的声音，我以为自己要死了。

就在这时，深灰色的水底有一个人，不，一个黑色的影子冒了出来。

向我游过来的那个影子绝对是河童，河童的双眼发亮，不断向我靠近，伸出像竹竿般细长的手臂，用力抓住了我的手臂。

我来不及感到惊讶，也来不及感到害怕，意识已经坠向河童渊的深处。

“小智，小智，你醒了吗？”

我听到妈妈遥远的叫声，我在干什么？我缓缓张开眼睛，发现光线很刺眼，妈妈的脸模糊地出现在眼前。

“他已经没事了。”有一个声音说道。

我缓缓看向声音的方向，一位身穿白衣的护士站在白色墙壁前，我立刻知道自己在医院。

“谢谢，谢谢！”妈妈流着泪向护士鞠躬。

“小智，真是太好了！”

啊，老师。我在心里叫着。

老师扶着病床的栏杆说：

“你已经整整睡了三天。”

“对啊，你掉进河里昏迷了三天，把大家都吓坏了。”

妈妈也探出身体说。

我脑袋昏昏沉沉，但终于知道自己掉进河里被救了起来，然后一直昏睡。

“小智……”

“……”

“喂，小智，赶快回答啊，你可以说话吗？”老师一脸慌张地问。

“嗯，我没事。河童怎么样了？”

老师和妈妈互看了一眼，立刻笑了起来，以为我睡糊涂了。

反正他们不会相信我，所以我也没有继续说什么，但那的确是河童。我之所以能够继续活着，不正是河童救了我吗？如果不是河童救了我，我现在早就吓死了，在河底溺毙了。我满脑子都想着这些事，不一会儿，妈妈说：“小智，妈妈去打电话给爸爸，你乖乖躺着。老师，那就麻烦你坐一下。”她说完就走出了病房。

我确认妈妈离开后，问老师：“老师，我真的溺水了吗？”

“对，差一点就没命了。”老师慢慢地坐在病床旁的椅子上。

“河童救了我。”

“河童？你在说什么啊，你没发现吗？是浩介救了你。”

“什么？浩介救了我？”这是怎么一回事？在碧绿色的水底救我一命的不是河童，而是浩介吗？

“幸好是浩介，如果是其他人发现你，即使想要救你，恐怕也会一起溺死。”

“即使是老师也一样吗？”

“我不行。浩介可以像鱼一样在水很深的长良川游泳，所以很了解水性。”

“老师，我要谢谢浩介，他今天会来看我吗？”

“嗯，这个嘛……”

“啊，对了，他有没有说钓到了石川鲑？”

“不，我什么都没有听说，这是怎么一回事？”

我把延绳钓的事，以及这一个星期的事全都告诉了老师。

“真是太惊讶了，你们每天放学后都在忙这件事吗？”

“老师，全都怪你啊，谁叫你对浩介说那些话。”

“那倒是，你在溺水的时候看到了鱼的影子吗？”

“对，很大一条，闪着银光。”

“那一定是石川鲑了。”

“嗯，绝对是，现在它一定在河童渊底松了一口气，庆

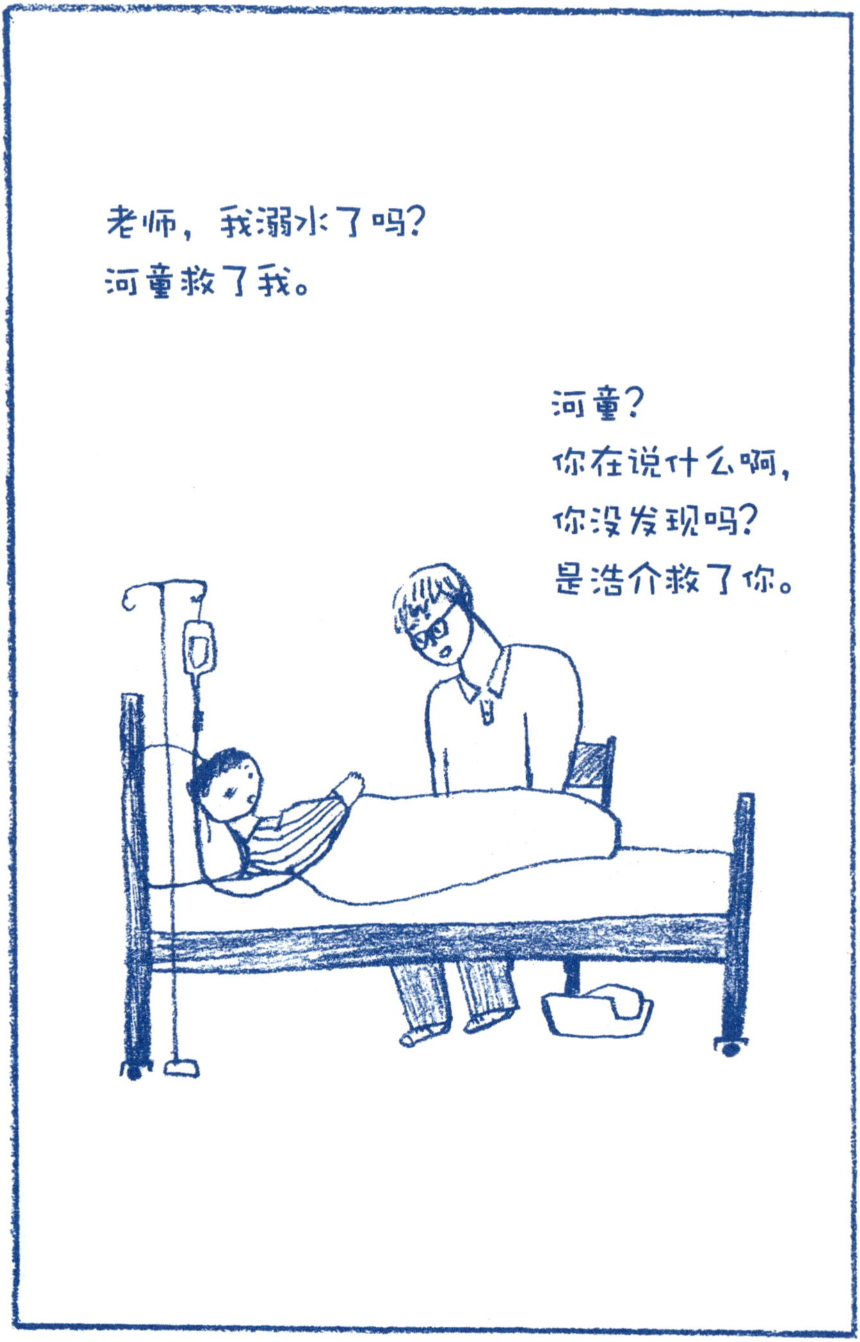
老师，我溺水了吗？河童救了我。
河童？你在说什么啊，你没发现吗？是浩介救了你。

幸没有被抓到。”

妈妈敲了敲门，走了进来。

“小智，医生等一下就会来看你，如果没有异常，两三天后就可以出院了。”

前一刻还满脸紧张的妈妈表情比刚才柔和多了，眼眶中泛着泪水。

“太好了，真的太好了。接下来就要多吃一点，赶快好起来。小智，你妈妈为了照顾你，整整三天都没有睡觉，你要乖乖听妈妈的话。那我差不多该走了。”老师说完后站了起来。

“老师，谢谢你！”

“让你担心了，真的太感谢了！”妈妈说。

老师走到门口，突然转过头，露出为难的表情，看着躺在病床上的我。

“小智，你听我说。”

“什么？”

“有一件事……”

“什么事？”

“关于浩介的事。”

“浩介的事？”

“他回岐阜了。”

“噢……”

“他在岐阜的爷爷要出院了，他说要回去照顾爷爷。老师和他的阿姨原本希望找出其他解决的方法，但他坚持说要亲自照顾爷爷。”

“……”

浩介竟然不告而别，太过分了。他居然在我昏睡的时候离开，我还没有向他道谢，也没向他说再见，而且，他到底有没有钓到石川鲑呢？

他离开得太突然了。

老师又回到病床旁。

“小智，我一直瞒着你，其实浩介上次来我家时就已经决定要这么做了。”

“浩介什么都没说。”

“他可能觉得难以启齿吧。”

“他太见外了。”

“你不要生气，他其实也很痛苦。”

“但是……”

“他对我说，在他离开之前，一定要和你一起钓到石川鲑，说希望和你一起创造回忆。”

“……”我完全说不出话，用被子蒙住了头。因为只要再说一句话，我的眼泪就会流出来。

“小智，这样对老师太没礼貌了。”我听到妈妈的声音。

“不，没关系。小智，出院之后，要很有精神地来学校上课，大家都在等你。”

随着“砰”的关门声音，老师的脚步声渐渐远了。

我的身体在被子下不停发抖，我握紧拳头，咬紧牙关，回想浩介的脸、浩介的声音，和我们一起玩的很多游戏，想着想着，就更想哭了，但我想到浩介最后说的话，忍住了眼泪。

“为什么会为了一尾石川鲑这么执着呢？”浩介这么说过。

我终于知道，浩介想要钓石川鲑并不是为了吃，也不是为了享受钓鱼的乐趣，而是想要和我一起创造回忆。

两天后，我出院了。

医生在早上巡房后，妈妈帮我收拾好东西，我们就一起搭出租车回家了。虽然我住院五天，但其中有三天都在昏睡，这种时差让我有一种奇妙的感觉。隔着出租车的车窗看到的街景和五天前一样，只是我无法相信浩介已经不在这里。昨天和前天，我都一直在想这件事。

“小智，你怎么在发呆？没事吧？是不是还有哪里不舒服？”妈妈问我。

“我没事啦。”

我很清楚自己的情况，如果我的身体有什么问题，那就是心里破了一个大洞，而且是医生治不好的洞。

出租车在交流道前左转，驶过了天神桥。

“啊，司机，请你停车。”

“小智，怎么了？”

“没事啦。”

“不行，要赶快回家。”妈妈说。

“我马上就会回家。”

我跳下车后立刻冲下堤防，因为无论如何我都要去秘密基地一趟，那是我们两个人充满回忆的地方，也许浩介在那里留了道别信给我。

我像平时一样爬进两旁都是草和树木的隧道，觉得那里的草木似乎有点褪色。秘密基地静悄悄的，我找遍了初秋阳光洒落的守护神房间、整理得干干净净的储藏室、浩介的圆形房间和我放了长方形书桌的房间，还有厕所，但都没有找

到任何信，所有的房间都渐渐闻不到我们的气味了。

“哼，他至少该给我留一封信嘛。”我独自嘀咕着，走到河边。

原本以为看到曾经吞噬我的河童渊会害怕，但眼前碧绿的河流静静流着，好像什么事都没发生过。当我走到鱼塘附近时，立刻发现了异样。平时向来没有用任何东西盖住的鱼塘上，浮着很多黄绿色的芭蕉叶。

我冲过去，往鱼塘内张望，两腿跪在地上，双手轻轻拨开芭蕉叶。

里面有东西！

芭蕉叶下悠然地出现一尾大鱼，虽然是我这辈子第一次看到的鱼，但我立刻知道那是什么。

“是石川鲑！”我情不自禁叫了起来。

眼前的这条鱼，正是我溺水那天在碧绿色的水渊深处看到的那条鱼。我伸手稍微比了一下，足足有六十厘米。

我按照以前浩介教我的方法，用冷水冷却了双手，在水中悄悄把石川鲑抱了起来。石川鲑躺在我手中，宛如洒了很多银粉的鱼鳞闪闪发亮。

好漂亮！

它展现着优美的身体，完全没有挣扎。它的鼻子很尖，看起来凶巴巴的，但双眼充满温柔。在阳光的照射下，它透明的黑色眼睛既像是绿色，又像是蓝色。

“鱼会不会哭？”

我突然想起老师的话，目不转睛地盯着石川鲑的眼睛，好像快被它的一双眼睛吸进去了。

泪水突然流了下来，大滴的眼泪扑簌簌地流了下来。

“鱼也会哭的，鱼也会哭啊……”

我在无人的河畔大声哭了起来，从我的眼中滑落的泪水滴落在石川鲑的身上，眼泪不停地滴在它银色的鱼鳞上。

前一刻还很温顺的石川鲑突然一转身跳离了我的双手，越过鱼塘，它悠然消失在碧绿的河童渊水底。

鱼顺河而下

不知不觉已经十月了。

放学后，我来到天神桥，站在桥的中央，眺望着矢作川的河水流动。秋风吹来，两岸芦苇的花穗翻动着银色的波浪，似乎传来轻声的呢喃。

浩介离开已经一个月了。

之后，我一如往常继续上学，每天过着平凡的日子，既没有钓鱼，也没再去过秘密基地。虽然没有特别的理由，只觉得浩介离开后，就不可能再有那时候的快乐。

感受到身后公交车经过传来的震动,我探出身体看着河面。

浅滩内有黑色的影子。

是顺河而下的香鱼。

聚集成直径五米左右的鱼群聚在浅滩悠然游动，鱼群整体不时闪着光，突然移动一下。天色快暗了，我想起现在是香鱼产卵的时节了。

春天时，和浩介一起看到的小香鱼已经长大，如今正在这座桥下。它们产完卵后，就会结束短暂的一生。

从那时候到现在已经半年了，似乎过了很久，又好像才一眨眼的工夫，这段时间发生了很多事，现在，一切都已经变成了回忆。

秋风呼呼地吹，寂寞地吹着。

不，我一点都不寂寞。

我的口袋里有一张明信片，那是浩介寄给我的明信片。我从昨天开始就不知道看了多少次，现在又忍不住拿了出来。

小智，对不起，我走得很匆忙。

你最近还好吗?

我很好。

六月的时候，请你务必来岐阜，

我一定要让你钓到石川鲑。

浩介

我把那张因为看了太多次，四周已经磨圆的明信片小心翼翼地收进口袋里。

秋风再度从我的背后吹向渐渐染红的天空，香鱼群在被染红的河流浅滩中溅起阵阵水花。

香鱼正要开始产卵。

第三部

金爷爷的鱼

夏天的西红柿

我的朋友中，有一个老爷爷，名叫金爷爷。

金爷爷名叫山部金作，今年六十二岁。虽然十二岁的我和这样的爷爷当朋友很奇怪，但我们真的是朋友，绝对不是我在吹牛。

“我们是朋友嘛。”金爷爷经常把这句话挂在嘴上，所以我觉得我可以称他是朋友。

金爷爷开了一家名叫“鲇鱼屋”的老旧食堂，就在天神桥下那条马路上，店门口挂着写了“鲇鱼”的红灯笼。店面很小，只要有十个客人，就会把整个食堂挤满了，单身的金爷爷经营这家食堂已将近二十年。食堂后方有一块空地，是我们小孩子玩乐的场所。

那是初夏的时候。

我像平时一样，在竖了一块写着“危险！乖孩子不可以在这里玩耍。谷泽工务店”牌子的空地上玩耍。这里每天清晨和傍晚都有砂石车和挖掘机进出，有时候的确很危险。但是这些车子白天几乎都去了工地，所以很安全。再说我也没想当乖孩子，加上这里有很多水泥砖、汽油桶、废轮胎和水泥管，都是很好玩的游戏器材，我和朋友总是在这里玩得不亦乐乎。

那天我正坐在堆积如山的水泥砖上等朋友，听到了叫声。

“嘿呀，嘿呀。”

回头一看，一个矮小的光头老人站在鲇鱼屋的后院，一脸笑眯眯地向我招手。

“小弟弟，你在干什么？要不要来这里？”

我迟疑了一下，但立刻知道他是金爷爷。虽然我从来没和他说过话，但我知道只要有人经过他的餐厅门口，金爷爷就会尖着嗓子打招呼：“你好，你好。”所以，附近一带的小孩子都知道金爷爷的名字。

“有事吗？”

“这里有西红柿，你过来。”金爷爷又眯眼笑了起来。

我被金爷爷像小孩子般的笑容吸引，“咚咚咚”地跳下水泥砖堆起的小山。下来之后，发现矮小的金爷爷被前方绿油油的蔬菜架遮住了，不见他的人影。我只能从西红柿、小黄瓜和玉米间的缝隙探头张望，叫着：

“金爷爷，你在哪里？”

“我在这里啊。”

“咦？哪里？”

我好不容易穿越像迷宫般的蔬菜架，发现金爷爷满脸笑容地站在那里。

“你来啦。”他右手摸着光秃秃的头说道。

我也抓了抓头说：

“爷爷好！”

“小弟弟，你家住哪里？”

“堤防下的水口家。”

“原来你是水口家的小孩呀，金爷爷知道你们家，而且从你爸爸小时候起我就认识他了。”

我有一种奇妙的感觉。因为金爷爷居然认识我出生以前的爸爸。

“你叫什么名字？”

“拓也。”

“原来你叫拓也，好名字，那我叫你小拓吧。”

虽然被叫“小拓”有点害臊，但我还是用力点头。

“你选一个好吃的西红柿吧！每一个都亮晶晶的，很好吃的。”

每个西红柿真的都亮晶晶，又红又大，好漂亮！我找到一个看起来最好吃的，对金爷爷说：“我要这个！”

金爷爷一脸满意，点了点头后，“咔嚓”一声，用金色的剪刀剪下那个又大又圆的西红柿给我。西红柿拿在手上沉甸甸的，手掌感觉凉凉的。我听金爷爷的建议，跟他一起坐在檐廊上吃西红柿。一口咬下熟透的西红柿，整个喉咙都感受到滋润甘甜。

“好甜，这个西红柿真甜！”

我第一次吃到像水果一样甜的西红柿。

“很甜吧？金爷爷的西红柿都很甜。”

金爷爷开心地笑了起来。

由于西红柿太好吃了，我忍不住吃得滋滋作响，金爷爷对我露出温柔的眼神。

“小拓，你吃得津津有味啊。”金爷爷对我说了声，“等一下。”接着他就走进屋里拿了一个陶瓷的罐子出来，说:“再来一条小黄瓜吧。”

“好！”我回答得毫不客气。

金爷爷从罐子里拿出两条小黄瓜，把其中一条递给我。新鲜的小黄瓜细细的，拿在手上触感刺刺的。

“蘸这种甜味噌一起吃最棒了。”金爷爷蘸了陶瓷罐里的红色味噌后，咬了一口。

“甜味噌？”

“红色是辣椒的颜色，里面还加了麦芽糖、米面和其他东西，这是金爷爷特制的味噌。”

我也学金爷爷的样子蘸着味噌放进嘴里，真的很好吃。味噌微微的辣味加上小黄瓜滋润的口感，感觉不像是普通的小黄瓜。

“金爷爷，这个真好吃！”

“是吗？金爷爷听了真开心。”

金爷爷很高兴地看我吃得津津有味。

很甜吧？
金爷爷的西红柿都很甜。

好甜，这个西红柿真甜。

“啊，对了，小拓，给你看一样东西，可以证明金爷爷是真正的老饕。”

“什么东西？”

“那里不是有一口井吗？你往井里看一下。”

我跑到后院角落的水井旁，往井里张望着。那座水井的直径大约一米，但并没有很深，水井下方约莫三米就有水。但我只看到这些，水井里太黑了，看不清楚其他的。

“金爷爷，太暗了，看不清楚。”

“那里不是有一根绳子吗？你把绳子拉起来。”

我拉起垂在水井旁的绳子，绳子很重，太重了，我拉不动。

“下面是什么？好重啊。”

“加油，再使点劲。”

“扑通，扑通”。

绳子下方像是有什么东西在挣扎。

“金爷爷，那是什么？好像还活着。”

“别担心，继续拉。”

我把绳子全都拉上来后，发现绳子下绑了一个网袋。

“咕隆”。

“啪嗒、啪嗒、啪嗒”。

我不知道这是什么状况，只能呆呆看着网袋里那一团黑色的东西。

终于，我看出来了。

“是鲇鱼，鲇鱼，啊哈哈哈。”

网袋里有三尾大鲇鱼扭动着漆黑的身体。

“小拓，你吓到了吗？对不起啊。”金爷爷一脸歉意。

“金爷爷，你为什么要养它们？”

“为什么？当然是煮来吃啊。”

“什么？鲇鱼屋真的吃鲇鱼吗？”

我没想到真的有人会吃看起来这么可怕的鲇鱼。

“小拓，你没吃过吗？”

“我没吃过这种东西，鲇鱼好吃吗？”

“好吃啊！在所有鱼中，金爷爷最喜欢吃鲇鱼了。”

“听起来好恶心。”

“小拓，我告诉你，越是外表不好看的鱼越好吃。”

金爷爷说完，从网袋里抓出一尾鲇鱼放进水桶里，把其他鲇鱼放回水井。那尾鲇鱼在圆形水桶里用力打转，得知无法脱逃后，用力叹了一口气。

“但是，鱼店里并没有卖鲇鱼啊。”我问。

“那是因为日本人不了解，世界上有几百种鲇鱼，世界各地的人都吃鲇鱼。”

“是吗？”

“美国人称鲇鱼为catfish，用油炸的方式烹饪，中国人也都吃鲇鱼，日本也有人用做鳗鱼一样蒲烧的方式烤鲇鱼来吃。小拓，你不喜欢吃鲇鱼吗？”

“不知道，我没吃过，但仔细看一下，就觉得鲇鱼长得也蛮可爱的。”

“对啊，它们长得很可爱。小拓，你也这么觉得吗？很好！”金爷爷用手指摸着鲇鱼的头，露出满面笑容。

“金爷爷，有人说，鲇鱼会引起地震，真的吗？”

“你说呢？”

“我知道不是这样，听说鲇鱼有预知地震的能力，在地震前会拼命挣扎，所以大家才说是它引起地震，其实所有动物都具备这种能力。”

“小拓，你了解得真清楚呢。”

“上次自然老师告诉我们的。”

“小拓，你知道鲇鱼的鲇怎么写吗？”

“呃，我不知道。”

“鲇鱼的鲇是这样写的。”

金爷爷在后院的泥土上写了一个“鲇”给我看。

“这是念经的念吧？”

“对啊，也是感念的念，念这个字，就是‘想’的意思。”

“听你这么说，我觉得鲇鱼的表情真的好像在思考。”

“而且还骄傲地长了胡须呢。对了，再告诉你一件事。”

“什么事？”

“对啊，中国用鲇鱼来占卜，日本则用香鱼占卜。你知道要占卜什么吗？”

“占卜什么呢？”

“占卜丰收。”

“丰收？”

“占卜能不能收成很多稻米。”

“用鲇鱼和香鱼吗？”

“没错。春天多雨，就会有很多鲇鱼；夏天阳光充足，有利于香鱼的成长。天气和鱼，天气和稻米，就是在这种关系中产生的占卜。”金爷爷怜爱地看着鲇鱼说。

水桶里的鲇鱼看着我们一动也不动，我们一拍打水桶，它就缓缓晃动着光滑的尾巴后退。它的可爱大脸很像金爷爷，我觉得我应该会喜欢这种鱼。

之后我经常去找金爷爷玩，虽然我也常和同学玩，但一到两三点约莫是金爷爷休息的时间，我就会去找他。金爷爷总对我说：“你可以自己进来。”所以，在金爷爷忙完之前，我多半一个人在田里拔草、浇水，或是看鲇鱼，有时候也会帮金爷爷剥豌豆或剥玉米。

对我来说，那并不是“帮忙”，而是一种“游戏”。金爷爷似乎也了解我的想法，我每次去都不断给我“新的游戏”。我平时在家连房间也不整理，如果妈妈看到我在金爷爷这里做事，一定会吓一大跳。

有一天，我拉了拉水井的绳子，发现绳子变轻了。我把绳子拉起来，下面的网袋里竟然连一尾鲇鱼都没有。

“金爷爷，金爷爷，不好了！”

我对着正在厨房洗东西的金爷爷大叫。

“小拓，怎么了？”金爷爷打开玻璃门回应我。

“不好了，鲇鱼好像逃到水井里去了。”

“逃走了？哈哈哈，别担心！”

金爷爷抱着抹布和毛巾走到后院，晾在水井旁的晒衣竿上笑着说。

“真的，鲇鱼全都不见了。”

“鲇鱼不见是因为昨天全都卖完了。”

“全部？原来都被吃掉了。”

“对啊，谷泽家的儿子带了一群年轻人来店里，说鲇鱼很好吃，结果全都吃光了……啊，小拓。”

“怎么了？”

“因为你之前很疼爱这几尾鲇鱼……”

“金爷爷，不是你想的那样，我知道那些鲇鱼本来就是要卖给客人的，现在被吃掉也很正常啊。”

“那就好。”

其实金爷爷说的没错，每天来看这些鲇鱼，不知不觉就觉得它们越来越可爱，我还为它们取了名字，简直把它们当成宠物。

“金爷爷，很快就会有新的鲇鱼吧？”

“我正在为这事伤脑筋呢，店里的鲇鱼都是花木店的浦爷爷分给我的，他前几天从梯子上摔下来，恐怕会有好一阵子没办法工作，也不能去钓鱼了，所以鲇鱼屋的鲇鱼要断货好一阵子了。唉，鲇鱼屋没鲇鱼可真伤脑筋，但话说回来，这家店也不过是家普通的食堂而已。”

金爷爷说完，摸了摸自己的光头。

“原来那些鲇鱼不是在鱼店买的。”

“对啊，是在矢作川钓的野生鱼。”

“那就去矢作川钓啊。”

“不行，金爷爷没有钓过鱼。”

“那我来钓！”

“小拓，你钓过鲇鱼吗？”

“没有，但我会钓鱼，一定可以钓到鲇鱼。”

“听浦爷爷说，外行人不容易钓到鲇鱼，而且他说晚上才能钓到。”

“原来要在晚上钓。”

“太危险了，你不要勉强。”

“不是啦，金爷爷，我想试着钓鲇鱼看看。而且如果我钓到的话，可以卖给你，对吧？”

“那当然！”

“太棒啦！”我忍不住兴奋地回答。

金爷爷又摸着我的头说：“小拓，你真是个贴心的孩子，真的不要太勉强噢。”

那天晚上洗澡的时候，我对爸爸说起钓鲇鱼和金爷爷的事。爸爸一开始听得满脸笑嘻嘻，等我说完后，爸爸却轻轻地感叹一声：

“钓鲇鱼啊，真不错啊。”

“咦？爸爸，你钓过鲇鱼吗？”

我有点惊讶，因为我以为爸爸对钓鱼没兴趣。

“哈哈哈，爸爸小时候经常钓鲇鱼，而且是金爷爷和浦爷爷教我的。”

“真的吗？爸爸也认识金爷爷和浦爷爷？”我一边帮爸爸搓背，一边问。

“我以前没向你提过，那是爸爸小时候的事。”

“像我这么大的时候吗？”

“是啊，差不多像你这么大的时候。那时候刚打完仗，金爷爷和浦爷爷在神社后方建了一间小屋住在那里。他们两个人虽然看起来很凶，但对小孩子很好，尤其是金爷爷，对我们这些小孩儿特别亲切。”

“和现在一样。”

“对啊，虽然现在是亲切的爷爷，但当时他可是一个壮汉。”

“那个金爷爷吗？”

“对啊，因为他刚从中国回来。”

“这我听过，金爷爷和爷爷一样，都是士兵吗？”

“不，金爷爷不是士兵，他那时好像住在那里，详细的情况他也没告诉我。”

“是噢。”

“不过，浦爷爷说金爷爷在中国有太太和孩子。”

“咦？这是怎么回事？”

“其他的事，爸爸就不知道了。”爸爸说完，把一盆水浇在我头上，泡进了浴缸。

我和爸爸默默地泡了一会儿，爸爸的表情似乎有点窘迫，他用毛巾擦了好几次脸，然后好像突然想到什么，说：

“拓也，你知道要用什么鱼饵钓鲇鱼吗？”

“用什么鱼饵好呢……蚯蚓吗？”

“还有呢？”

“嗯，我想不到。”

“鲇鱼什么都吃，不管是蚯蚓还是小鱼，甚至小龙虾也都可以。”

“真的吗？”

爸爸露齿一笑。

“真的啊，它会张开大口吞下去。”爸爸做出大嘴吞鱼

的夸张动作。

“别……别吓我啦。”

爸爸更得意了，把毛巾缠在手上。

“你听着，爸爸以前是用青蛙钓到的，像这样把鱼钩轻轻钩在青蛙背后的皮上，让青蛙在水草和芦苇之间游来游去，很自然地游，结果鲇鱼就一下子从水里蹦出来了。”

“哇啊！”

毛巾鲇鱼突然从水里扑了过来，我忍不住惊叫起来。

“爸爸别吓我啦！”

“哈哈哈，你认输吧，但是鲇鱼很厉害，它们真的什么都一口吞下去。”爸爸说话的时候，露出了像小孩子般的表情。

“喂！你们洗好了没有？”我和爸爸聊得太开心，妈妈忍不住在门外数落我们。

钻进被子里，我仍然兴奋不已，迟迟无法入睡。

“爸爸，我有一个想法。”

“什么想法？”

“我打算用爸爸小时候的方法钓鲇鱼。”

“用青蛙吗？”

“嗯。”

“不行啦，只有在长了很多水草的水池和沼泽地才能用青蛙钓到鲇鱼，矢作川就不行了。”

“咦，原来不行啊。”

“如果要在矢作川钓鲇鱼的话，那我告诉你浦爷爷教我的方法。”

“好啊，教我，快教我！”

“首先，把钓线绑在竹竿上，再把鱼钩绑在钓线上，重锤要用大一点的，绑在鱼钩上长约三十厘米。”

“大一点是多大？”

“石头或是其他随便什么东西都可以，爸爸以前是用玻璃药瓶，反正只要不让鱼饵浮在水面上，用什么都可以。”

“是噢，那鱼饵呢？”

“用小鱼，不管是小鲫鱼或是脆鱼都可以，可以先用蚯蚓钓小鱼当作鱼饵。”

“要用小鲫鱼当鱼饵啊……”

“怎么了？你没有自信可以钓到小鲫鱼吗？”

“不是，只是爸爸，用小鲫鱼真的可以钓到鲇鱼吗？”

“刚开始，大家都会怀疑，但你要相信爸爸。”

没错，既然是名师浦爷爷传授的钓鱼方法，绝对可以钓到。而且，我也知道大鱼会吃小鱼，只是……

“爸爸，河里不是有很多小鱼吗？”

“对啊，有很多很多，几千条，几万条。”

“鲇鱼应该不愁没鱼吃吧。”

“不愁啊。”

“那它没有理由特地来吃我的鱼饵啊。”

“不，会来的。即使河里有几千条小鱼，鲇鱼还是会来吃你的鱼饵。”

“真是难以相信。”

“鱼就是这样。”爸爸说完笑了笑，“拓也，你知道什么是弱肉强食吗？”

“嗯，就是狐狸会吃掉兔子，狼又吃掉狐狸。”

“对，鱼也一样。但是它们并不是随便吃小鱼，比方说，大鱼会追着小鱼群，先吃掉游得慢的小鱼，这些游得慢的小鱼一定是生病或是受伤了，本来就活不久。”

“是噢，原来鱼想了那么多。”

“当然有想啊，这是鱼的本能，你用来当作鱼饵的小鲫鱼背上挂着鱼钩……”

“啊，我知道了，因为小鲫鱼游得很不自然。”我知道爸爸想说什么了。

“没错。好，既然你已经知道了，那就睡觉吧。”

爸爸说完，关了灯，翻过身后就不动了。我看着爸爸宽阔的后背，想象着从来没有钓过鲇鱼的金爷爷，以及爸爸小时候的样子。我想了很多很多，终于在不知不觉中睡着了。

第二天放学后，我立刻骑上自行车去矢作川和家下川的汇流处钓鱼。我早就知道两条河的汇流处是最佳钓鱼位置，爸爸也建议我在这里钓鱼。我以前也曾经来这里钓过鲫鱼，很熟悉周围的环境。最重要的是，要是能够在这里钓到可以当作鱼饵的鲫鱼，能让我感到安心。

我骑了五分钟，来到堤防下方，推着自行车上坡道，矢作川的河流就出现在眼前。拂过河面吹来的南风轻抚我的脸，我戴好帽子，用力骑向下游方向。

来到钓点附近，我停下自行车。那里没有通往河边的路，我把自行车藏在堤防的草丛中，换上事先准备的长裤，高举钓竿走下堤防，以免高度及胸的杂草割伤手脚。绿油油的芦苇叶子、野玫瑰的刺都粘在衬衫和裤子上，但我仍一步一步向前走，不停甩开这些叶子和刺，终于来到河岸旁的一片桑田。

从那里可以一条直线走到钓点，来到钓点后，我立刻向河面张望。矢作川的干流流速很快，河底有很多黑色圆石，不时有香鱼闪着光，在石头附近出没。

我看向矢作川支流家下川的方向，家下川的水是混浊的淡绿色，水流的速度也很缓慢。两条河很自然汇聚在一起，最后在汇流处出现了缓慢的旋涡，水的力量纠结在一起。

这里有鲫鱼。

我凭着钓客的直觉知道这件事，顿时觉得一刻也不能等了，迫不及待地从袋子里拿出钓具，做好钓鲫鱼的准备，走向支流的钓点。

“水深差不多六十厘米吧。”我自言自语后调整了浮标的位置，从袋子里拿出装在罐子里的蚯蚓。这些蚯蚓是在金爷爷家后院挖到的。

“泥土的土质好，就可以种出高质量的蔬菜，蚯蚓也会很肥。只要有肥蚯蚓，就会有良好的土质。”

金爷爷引以为傲的蚯蚓红红的，很有活力。罐子里二十条左右的蚯蚓纠缠在一起，我把整团蚯蚓都倒出来，拉出其中一条，挂在金色的细鱼钩上。

第一次抛竿，浮球从上游开始缓缓移动，漂过鱼可能出没的水草边，等钓线拉成一条直线时停了下来。没有找到目标，然后我又抛了第二次，浮球在我目标的水草附近形成了涟漪，然后沉入淡绿色的水底。

来了！

垂着钓竿才一下子，钓竿就弯成了弓形，可以感受到鱼咬住鱼饵的感觉。

应该是鲫鱼吧。

钓鱼有一定的经验后，就可以从钓竿的感觉分辨出钓到什么鱼，到底是哔哔哔，还是噗噗噗，或是叽叽叽的感觉，一听就大概知道了。

鲫鱼在水里挣扎，但它才在水中转个身就放弃抵抗浮出水面，咻地飞向我手中。

“太好了！”

我轻松钓到了第一尾鱼饵，轻呼一口气，终于放了心。

我继续挥着鱼竿，花了一小时左右，钓到了三尾小鲫鱼和一尾白脆鱼。

我想，有这些就够了，我准备开始钓鲇鱼。

我把钓鲫鱼的钓线和钓具卷在卷线器上，从工具箱里拿出钓鲤鱼用的粗钓线，把钓线的一端紧紧绑在钓竿上，多次确认不会轻易松脱。

“好，这下没问题了。”

我拉出和钓竿相同长度的钓线，把大鱼钩紧紧绑在上面，然后绑上从家里的工具箱里找到的六角形螺栓当作重锤。

用这样的钓具真的可以钓到鲇鱼吗？我内心不免担心，更觉得要是被人看到用这种钓具会很丢脸，一定会被人嘲笑。

幸好这里只有我一人，既然已经来了，就必须行动，我这么告诉自己。走向河流汇流处的钓点，拨开芦苇，突然听到“呱”的一声，有什么东西“扑通”一声跳进河里。

我吓了一跳，看清楚了才小声告诉自己：

“原来是牛蛙啊。”

第一次钓鲇鱼，我似乎有点紧张。

来到河边，只有一个钓点可以抛竿。那是在两条河之间的位置，刚好位于沙洲突出部分的前端。我把钓竿和工具箱放在那里，挺起胸膛看着河面，然后站在钓点做好了抛竿的准备。

站在那里时才发现，刚才在上游看到汇流点的旋涡距离岸边约十米，我的钓竿根本无法伸那么长。接着我又发现另一件事，在那个旋涡的前方，有三块很大的岩石，最前面那块探出水面的岩石上有不少漂流木和垃圾聚集，水流很缓慢，岩石下方好像有一定的深度。

我再度直觉这块岩石和漂流木下方一定有鲇鱼。

我慢慢从鱼篓中拿出一条十厘米的小鲫鱼。

“对不起啊。”我一边说，一边把大鱼钩刺进了它的背。

小鲫鱼抖了几下，一回到水中，立刻带着鱼钩，很有活力地游起来。

“好，开始了。”

我缓缓把钓竿移向水流的方向，小鲫鱼游得很不自在，顺着水面游向下游。当小鲫鱼来到岩石附近时，我轻轻放下钓竿。离开水流后，少了水的抵抗，小鲫鱼因为螺栓的重量沉了下去。接下来就要等鲇鱼上钩了，我把钓竿用力插进芦苇根部的泥地里，为了预防万一，又在上面压了一块三十厘米左右长的石头。

看着钓竿前端以低角度斜斜伸向蓝天，我的心情终于平静下来。虽然还没有钓到鲇鱼，但把钓竿抛出去，我的心情轻松了许多。

我拢了一大丛青草当作坐垫，一屁股坐了下去。河面吹来的风凉凉的，很舒服，后方芦苇丛传来沙沙的声音，让我的心情更平静了。

钓竿的前端不时轻轻摇晃，每次我都站起来，准备随时拉起钓竿，但水中并没有持续拉扯钓竿的力量。

“原来只是条小鲫鱼在挣扎。”

虽然我嘴上失望地这么说，但内心还是暗自叫好。

就像爸爸昨天说的，小鲫鱼越挣扎，在河水下就越容易引起注意。当钓竿一动也不动时，我反而会担心是不是鱼饵逃走了，得微微拉起钓竿确认一下。

我太性急了，以前曾经有人说过“性急的人适合钓鱼”，我觉得这句话也许很有道理。因为只有不断想象看不见的水底情况，不停担心这个，担心那个的人，才适合钓鱼吧！

时间就这样一分一秒过去了。

有时候听到“啪嗒”的声音，看到鱼蹦出水面形成的涟漪，我猜想那应该是鲤鱼，然后又担心会不会这里根本没有鲇鱼。不知不觉中，已经下午五点钟了。

对岸堤防上的车子数量越来越多，我告诉自己，今天可能钓不到鲇鱼了，再等十分钟就回家。

但是，过了十分钟后，我又告诉自己，再等十分钟。

虽然我知道这样一直拖延会没完没了，但我知道天色越暗，钓到鲇鱼的可能性就越高，所以就一直坐在原地，不愿意离开。

手表指向六点时，太阳躲进了堤防后方。七点天就黑了，我虽然可以再撑一个小时，但老实说，一个人沿着昏暗的河畔走回家还是有点可怕。太阳下山以后，天空虽然还是蓝色，但岸边到处都是阴影，让人心里毛毛的。

“真的只再等十分钟。”我在心里告诉自己，然后再度轻轻抬起钓竿，想要确认前端鱼饵的状况。

就在这时，我双手感受到钓竿的反应。

不会真的钓到了吧？

我难以置信，但接着又再度感受到咚咚、咚咚的沉重感。

显然是有什么东西咬住了小鲫鱼，钓竿前端每次都上下抖动二十厘米左右。

要让大鱼把鱼饵再吞下去一点。

其实我心里超害怕，根本不敢把鱼竿拉起来。

怎么办？

但是，对方主动向我下了战帖。

“咕咚，咕咚”。

下一刹那，鱼竿前端一口气被拉进了水里，我立刻拉起了鱼竿。

“咯噔”。

鱼竿弯成了半圆形，鱼却一动也不动，钓线笔直拉向水中。我知道，这次绝对是钓到了大鱼。

鱼停顿了一下，似乎在确认我的力量，缓慢动了起来。

“不要慌，不要慌”。我告诉自己。

我用了大鱼钩和粗钓线，在正常情况下不可能断掉，万一失败，只有两个原因，一个是钓线钩到了漂流木，另一个就是鱼竿拉过头，扯断钓线。一旦钓竿失去弹力，再粗的钓线也会完蛋。

无论如何都要避免拉扯钓竿，我心里想着。鱼逆着水流，一直试图游向上游，经过我的位置后调了头。

不要放松钓线。

鱼顺着水流，游向下游的方向。

惨了，鱼竿被拉直了。

我用力把鱼竿往淤水处方向扳，终于把鱼从水流中拉了出来。

太棒了。

一旦拉出了水流，鱼的力量一下子就变轻了，慢慢向我靠过来。

“不知道能不能就这样把鱼拉上来。”正当我这么想时，鱼还在水中做最后挣扎。

黑乎乎的鱼正是鲇鱼。

好大！

那条鱼足足有五十厘米，我察觉到自己双腿微微发抖。鲇鱼想要钻进漂流木的下方，但我的双手用力拉住钓竿不放。

没问题吧？钓线会不会断掉？

没想到接下来的状况轻松得出人意料。

或许鲇鱼知道自己无法潜入漂流木下方，它浮上水面，张着大嘴呼吸空气，然后沿着水面滑过来。我小心翼翼一步步后退，运用钓竿的弹力终于把鲇鱼拖上了岸。

鲇鱼“啪嗒啪嗒”挣扎着，我用毛巾按住了它，很快地塞进鱼篓中。

“好，这下就逃不掉了！”我兴奋地再度压住鲇鱼，把鱼钩拆了下来。看到鱼钩深深刺进了鲇鱼的上颚，我高兴极了。

等我回过神来才发现天色已经微暗，只好急急忙忙把钓具塞进袋子，把竹竿藏进芦苇丛中。然后拿着装了鲇鱼的鱼篓，拨开芦苇跑了起来。傍晚的河畔静悄悄的，但右手拎着的鲇鱼重量，让我忘记了这份不安。

得赶快去让金爷爷大吃一惊。

我骑上自行车，直奔鲇鱼屋。

草 鱼

“小拓，谢谢你每次都帮我钓鱼。”金爷爷在后院对我说。

“今天的鱼都很小。”我把装了鲇鱼的鱼篓交给金爷爷。

“没关系，没关系，小一点的也很好吃。”金爷爷把鲇鱼放进井里的网袋时说。

自从第一次钓到鲇鱼至今已经二十天了，学校开始放暑假，我每天都去矢作川钓鲇鱼。即使是和同学约好玩耍的日子或是返校日，我也会利用早晨或是傍晚去钓鱼，虽然有时候连一尾都钓不到，但是下过大雨后的日子，有时候一天可以钓到五尾，金爷爷看得目瞪口呆。

金爷爷把鲇鱼做成佳肴给客人吃，我则用鲇鱼赚了零用钱。

“小拓，今天的三尾比较小，所以给你六百日元。”

“谢谢！”

这是金爷爷以前决定好的价格，小鱼两百日元，中鱼三百日元，大鱼四百日元。我原本想拒绝他的好意。

“我喜欢钓鱼，不用给我钱。”我对金爷爷说。

“小拓，你帮了金爷爷大忙，这不是基于朋友关系，而是生意上的来往。”

金爷爷也很坚持，我觉得这好像是大人和大人之间的关系，所以也很高兴。

“对了，对了，小拓，我昨天去看了浦爷爷。”

“他还好吗？”金爷爷说过，浦爷爷从梯子上摔下来，撞伤腰部。

“嗯，他现在已经可以走路了。”金爷爷笑着说。

“是吗？那以后就不需要我去钓鱼了。”

我觉得有点可惜，但并不是因为以后不能再赚零用钱了，而是因为再也无法看到金爷爷高兴的表情而感到可惜。但是钓鲇鱼原本就是浦爷爷的工作，理所当然要交还给他。

“不是的，浦爷爷也很担心鲇鱼的事，他得知你代替他去钓鲇鱼后，他很高兴。我告诉他你是水口家的小孩，他也很惊讶。”

“对，我爸爸也说认识浦爷爷。”

“所以，浦爷爷说，希望我和现在一样，继续向你买鱼，如果不够，他的再给我，他说这才是做人的道理。”金爷爷说。

“真的吗？”

“我原本也是这么打算的。小拓，你可以像之前一样，把钓到的鱼拿来给我。”

“真不好意思。”

浦爷爷和金爷爷的心意让我很感动。

“浦爷爷还说想见见你，说希望有机会和你一起钓鱼。”

“浦爷爷不是名师吗？这样我会很紧张啦。”

“没有什么好紧张的，他虽说是名师，但其实只是这一带没有其他专钓鲇鱼的怪胎而已啦。”

“对不起，我也是怪胎。”我故意露出气鼓鼓的表情说，金爷爷吐了吐舌头，摸着自己的光头，知道自己说错话了。

第二天，我一大清早就出门去钓鱼。到钓点的时候才四点半，堤防一片暗蒙蒙，河岸笼罩着淡淡的雾霭。

在我前方一百米的路旁，有一个小小的黑影，走近一看，是野兔。那只野兔似乎被我吓到了，沿着道路快速往前奔跑五十米，躲进堤防上的草丛。

清晨在堤防上骑车，经常可以遇到各式各样的动物，而且都是平时很少有机会看到的动物，有野兔、雉鸡、大鹌鹑、小鹌鹑和狐狸，即使我告诉同学，同学也都不相信。

“爸爸小时候经常看得到这些动物，所以爸爸相信你说的。只是因为这一带拓建道路、兴建房子的关系，它们只剩下河畔可以居住了。”爸爸这么对我说。

我像往常一样停下自行车，冲下堤防。穿越笼罩着淡淡雾霭的桑田，来到钓点，却发现平时空无一人的钓点竟然有一个人影。那个人看起来像是上了年纪的老人，就站在我平时站的位置垂竿钓鱼。

今天恐怕没办法钓鱼了，我忍不住想。如果是鲫鱼或是鲑鱼，随便找个地方都可以钓，但要钓鲇鱼，只能站在那个位置。

看着老人的背影，我懊恼着今天出师不利。只见老人静静看着钓竿前端，但似乎察觉了我的动静，转头看着我。他皮肤黝黑，瘦瘦的脸上一双明亮的眼睛看着我。

“你……你好……”

我觉得他看起来不太亲切，但还是小声打了招呼。

老人上下打量我，然后开了口：

“你是水口家的小孩？”

我默默点了点头，虽然他突然提到我的姓氏，让我吓了一跳，但我很快就知道眼前的老人是浦爷爷。

“请问是浦爷爷吗？”我问。

老人露齿笑了起来，向我招着手。浦爷爷坐在自制的木箱上看着钓竿前端，我默默走到他身后跟他说话。

“我听金作提过你。”浦爷爷望着钓竿前端说，“谢谢你在我受伤的这段时间帮了大忙。”

“不用谢，不用谢，我是因为兴趣才钓鱼的。”

“哈哈哈，如果不喜欢，根本不会来钓鱼。”浦爷爷笑着说。

“浦爷爷，你钓到了吗？”我问，浦爷爷指了指鱼笼，让我自己看。

竹编的壶形鱼笼上压了一块腌泡菜时用的重石，我轻轻移开石头。

“哇，好厉害！”我惊呼。

鱼笼里已经有好几尾鲇鱼盘在底部，堆在一起，而且每一尾都是至少四十厘米长的大鱼。

“浦爷爷不愧是高手啊！”

“不，是因为我从半夜就开始钓。”

“半夜？”

“对，鲇鱼在晚上比较容易上钩。”

“差别这么大吗？”

“完全不一样，一到晚上它们很快就上钩了，毕竟它们喜欢夜游啊。”浦爷爷说完，笑了起来。

“浦爷爷，你用什么鱼饵？”我问。

浦爷爷轻轻拉起钓线给我看，一只红色的小东西从水流中蹦了出来。

“啊，是小龙虾。”

“我都是用这个钓，你用什么？”

“我用小鲫鱼。”

“这样啊。”浦爷爷淡淡地说，然后把小龙虾再度丢回水里，“弟弟啊，小鲫鱼固然不错，小龙虾也很棒啊。那个罐子里还有，你试试看。”

“谢谢。”

我从罐子里拿了一只小龙虾，坐在浦爷爷身旁。

虽然我和浦爷爷是第一次见面，但第一次见面的两个人坐在一起钓鱼很奇妙。更奇妙的是，两个人即使没有说话，也不会觉得尴尬。钓鱼果然很适合一个人的世界。

大约三十分钟后，浦爷爷问我：

“弟弟，你怎么会认识金作？”

“嗯，只是刚好。那天我刚好在他食堂的后院，他请我吃西红柿。”

“是吗？他是很喜欢小孩。”浦爷爷说完，又沉默起来。

浦爷爷似乎担心我会觉得气氛尴尬，才故意寻找话题和我聊天。于是，我鼓起勇气问：

“浦爷爷。”

“嗯？什么事？”

“金爷爷没有小孩吗？”

“哦？”浦爷爷听到我突如其来的发问，似乎有点惊讶，“为什么这么问？”

我知道自己问了蠢问题，但还是鼓起勇气说：

“我听我爸爸说……金爷爷的太太和小孩都在名叫中国的地方……”

浦爷爷微皱了一下眉头，但很快又露出微笑。

“小弟弟，你知道满洲吗？”

“不太清楚，只知道就是中国。”

“是吗？我不知道该怎么说，毕竟那是战争时的事。”

“战争时候的事也没关系啊。”我觉得自己问了不该问的问题，立刻这么说。

“怎么会没关系？怎么会没关系呢？”浦爷爷说完这句话后，娓娓说了起来，“你知道日本曾经打过仗吗？”

“嗯，是以前的事吧？”

“虽说是以前的事，但其实也就是在你爸爸像你这个年纪的时候，所以也不是多久以前。当时日本曾经占领中国，想要建立满洲国，所以派了很多士兵去，做出很多惨无人道的事。”

“金爷爷不是士兵吧？”

“对，金作是以开拓团的身份去了中国，因为那时候即使住在日本也吃不饱，所以他决定背井离乡，想在那里重新站起来。没想到那里的日子更苦，从早到晚都得拿着铁锹干活、开垦荒地，真的是从天亮做到天黑。金作抱着梦想去了满洲，却每天过这样的生活。”

“我没办法想象。”

“是啊，我也无法想象，因为金作很少提这些事，但是他千辛万苦，终于有了一间破旧的小屋，也讨了老婆。”

“原来他结了婚，也生了孩子。”

“但是……”

“怎么了？”

“在战败的同时，一切都结束了。”

“咦？什么意思？”

“该怎么说呢……”浦爷爷似乎觉得难以启齿，我可以察觉到他正在思考。

“弟弟，你应该在学校学过，战争就是杀人放火烧房子吧？”

“嗯。”我慢慢点头。

“没错，打仗就是这样。后来，金作的房子被烧了。”浦爷爷拿起钓竿站了起来，似乎想要收起脸上的严肃表情。

“金爷爷的太太和孩子被杀了吗？”我原本想这么问，但还是打消了念头。

浦爷爷叹了一口气，再度坐了下来。

“金作离开了老婆和孩子，那也是没办法的事。在战败的混乱中，如果他继续留在那里，搞不好连命都保不住。虽然金作为这件事感到很后悔，但没有人为他一个人回来这件事责怪他。”

我的脑海中浮现出金爷爷亲切的脸庞，他的笑脸难以和刚才从浦爷爷口中听到的事联想在一起。

“金作不是对小孩子都很亲切吗？”

“嗯。”

“败战后，他和我住在一起的时候就是这样。”

“我听爸爸说过。”

“原来你已经听说了，你爸爸那时候差不多和你一般大，真有意思。”

“我听爸爸说他以前经常和金爷爷、浦爷爷一起玩。”

“是啊，金作每次都会半夜躲在被子里哭。”

浦爷爷突然住了嘴，我不知道该说什么，只好看着钓竿前端。

“弟弟，不好意思，跟你聊这些不愉快的事。”

“不会。”

“搞不好是因为我自己也想和别人聊一聊。”浦爷爷好像在确认似的这么说。

“浦爷爷，小龙虾钓不到啦。”我故意用搞笑的语气说。

“是吗？”浦爷爷也笑着回答，但他的双眼仍然看着钓竿前端。

“我要像平时一样，用小鲫鱼试试。”

“用小鲫鱼？”

“嗯，我先去那里钓小鲫鱼。”

我像平时一样，来到支流的家下川前。回头看去，坐在钓点上的浦爷爷背影看起来很矮小，这时一阵风呼啸着从我身后吹向浦爷爷所在的地方，浦爷爷好像想起了什么，转头看着我，对我挥了挥手。我举起钓竿回应，继续走向家下川。

对岸那簇茂盛的银柳在风中摇摆，绿油油的树丛中，突然笔直飞出一道蓝紫色的光影。

啊，是翠鸟！

翠鸟飞过我的面前，又飞向那片桑田。我用目光追随着它，直到看不见它的身影，然后才再度将目光移向家下川。

就在这时，发生了令人难以置信的事。不，是我看到了难以置信的东西。

银柳前方，在我平时钓小鲫鱼的水流中有一个巨大的黑色影子，并不是只有五十厘米或是六十厘米，足足有一米，不，比一米更长。

我怀疑自己看错了。

但是，那绝对是鱼，长度有一点五米，身长比我的身高更长。我快无法呼吸了，两条腿不停发抖。

大鱼的后背浮在水草旁，一动也不动，我可以清楚看到黑色鱼身上鱼鳞的样子，它双眼微微张开，眼神涣散，比我的手掌更大的鱼鳞缓缓摇晃着。那是什么？为什么这里会有这种大得好像妖怪一样的鱼？谁会相信我看到了这么大的鱼？

对了，要去告诉浦爷爷。

我在心里对浮在那里的鱼说：“拜托你，留在那里不要动，不要离开。”

我悄悄后退了几步，然后飞快跑向浦爷爷所在的钓点。

“浦爷爷，不得了啦！”

“弟弟，怎么了？”

“有一条这么大的鱼！”我用手比出鱼的长度。

“哈哈哈，你太夸张了。”

“我没有夸张，是真的！”

我慌了手脚，对自己无法清楚表达感到很焦急，浦爷爷似乎察觉到我的表情不同寻常，立刻站起身跟着我跑了起来。

我们冲上堤防，来到家下川，弯下了腰，然后慢慢靠近可以看到鱼的位置。

“浦爷爷，就在那里，在银柳前面。”

老天爷……我真的很想这么拜托，我没有勇气往河里看。

浦爷爷缓缓站了起来，探头看向家下川的河流。我看着浦爷爷的表情，他的双眼仔细在河中搜寻，当他的视线停在某一点后，立刻睁大了眼睛，然后维持这个表情一动也不动。

“弟弟。”

“是不是有……”

“对，而且是不得了的鱼。”浦爷爷一字一句地说。

我也探头看向河面。

在那里。

那条鱼维持着和刚才相同的姿势，出现在和刚才相同的地方。

“很大吧！”

“嗯，有一百五十厘米左右长，比你的个子还高。”

“是鲤鱼吗？”

“看起来像鲤鱼，但不是鲤鱼。”

“那是什么鱼？”

“草鱼。”

“草鱼？”

浦爷爷默默地点头。

就在这时——

前一刻还静静躺在水中的草鱼突然动了起来，它从水草旁悠然地游到水流中，然后猛然转身，在周围留下了巨大的水波；不知情的话，还以为有小孩子跳入了水中。那只草鱼笔直地游向下游的深潭，使得水底的积泥不停浮上水面。

一切都在转眼之间发生。

我和浦爷爷看着草鱼消失的方向，目瞪口呆，久久无法动弹。

“真大啊。”

“嗯，真的好大啊，简直不像鱼。”

“是啊，但它是鱼。”

“嗯。”

“是中国的鱼。”

“什么？中国的鱼？”

“千万别把这件事告诉别人，除了金作以外。”

“这是秘密吗？”

“对，在我们三个人钓到它之前。”

太难以置信了，浦爷爷居然想要钓这条像妖怪一样的鱼！我不禁愣在那里，看着不发一语的浦爷爷。

草鱼

原产地位于亚洲大陆东部，身长超过一米，体重可以达到十六公斤。六月至七月水位增加时期是草鱼的产卵期。鱼卵沉入河底，随着水流漂浮期间孵化，所以只能在很长的河流中繁殖。草鱼为草食性鱼类，喜欢吃芦苇和菰草，一天摄食量相当于体重一倍至一点五倍。四十年前，日本曾经引进中国长江产的草鱼至全国各条河川，但只有在利根川天然繁殖。

我从爸爸房间搬来了鱼类图鉴和辞典，查了草鱼的情况。每一本书上都有介绍草鱼，但内容都一样。

浦爷爷说得没错，草鱼的确是吃草的鱼，而且来自中国，但日本只有关东的利根川有草鱼，为什么那条草鱼会出现在爱知县的矢作川呢？我对这个问题感到不解。

第二天，我和浦爷爷约定在金爷爷家见面。

因为浦爷爷说要我们三个人一起钓那尾草鱼，所以我们要召开作战会议，好执行浦爷爷的这项计划。

到了金爷爷家，浦爷爷已经来了，后门敞开，传来他们两个人说话的声音。

“金作，是真的，绝对错不了，那就是草鱼。”

“那条河里有草鱼？”

“而且是足足一百五十厘米的大鱼！”

“你不可能看错，所以我相信你说的。我努力想相信，但是一百五十厘米长的大鱼未免也太……”金爷爷似乎还有所怀疑。

我从后门冲了进去，兴奋地大叫：

“金爷爷，是真的，那条鱼超大，有这么大！”

突然听到我的声音，金爷爷吓了一跳，但是他看到我那么用力地张开双手，不禁笑了起来。

“好，好，小拓，既然你和浦爷爷都这么说，那就错不了，我相信你们说的。”

“真的吗？”

“对，真的，因为金爷爷以前在中国看过两米的草鱼。”

“什么？两米的草鱼？”

“中国的草鱼可大了，因为中国的河流都很宽大，鱼也很大。”

“中国的河比矢作川更大吗？”

“大太多了，差不多像海那么大。”

“那么大？”

“是啊，所以我知道草鱼可以长很大，只是我不相信矢作川也有这么大的鱼。况且，草鱼是中国的鱼，为什么会出现在日本？”金爷爷说完看着我。

草鱼为什么会出现在矢作川？辞典上也没有提到这个问题。

这时，坐在椅子上喝酒的浦爷爷开了口：

“矢作川也有草鱼啊。”

“为什么？”金爷爷问。

“今天早上，我打电话去渔业工会，问了草鱼的事，结果……”

“结果？”

“工会的人告诉我，他们几年前曾经把草鱼放流在十公里下游的冈川支流。因为气候的关系，那里长了太多水草，所以放流草鱼，想解决那些水草的问题。”

“草鱼会吃长得太茂密的水草吗？”

金爷爷，是真的，
那条鱼超大，
有这么大。
好，小拓，
我相信你们说的。

“对，不到一年的时间就把水草全都吃光光了。”

“原来草鱼吃草是真的，所以当时放流的鱼到现在长这么大吗？”我问。

“八成是这样。”浦爷爷回答说。

“浦爷爷，我们可以钓到它吗？”

“你不想钓到吗？”

“我当然想钓啊！”

“那我们就可以钓到，只要真心想要钓鱼，就一定可以钓得到。钓鱼就是这么一回事。”浦爷爷看着我的眼睛说。

这时，金爷爷又开了口。

“小拓，浦爷爷这么说，表示他很有自信，你看看桌子上的东西。”

金爷爷手指的桌子上有一块折成四折的毛巾。

“那是什么？”

“你打开看看。”

金爷爷和浦爷爷笑嘻嘻地看着我，我慢慢打开毛巾。

“哇噢，好大！”

毛巾里有一个很大的鱼钩。那根用坚硬金属做的鱼钩弯度有点像灯泡，前端特别尖。

“好……好厉害的鱼钩！浦爷爷，是你做的吗？”

浦爷爷没有说话，露齿笑了笑。

“小拓，这鱼钩是浦爷爷用金爷爷炸天妇罗用的铁筷子做的，所以金爷爷以后不能炸天妇罗了。”

我们都看着金爷爷夸张的表情笑了起来。

“浦爷爷，我知道这个鱼钩很厉害了，还有其他钓具吗？”我问，因为我根本无法想象要用这么大的鱼钩钓鱼。

“钓具吗？钓具很简单，用一米长的钓线绑住这个鱼钩，然后再绑上粗绳子。”

“绳子？”

“对啊，如果全都用钓线，恐怕会断掉，而且在和草鱼拉扯时，手可能会受伤。”

“手吗？”

“对，那么大的草鱼如果挣扎恐怕会无法控制。如果用力握住钓鱼线，手会因为摩擦而烧伤。”

“是啊！”

“我打算在绳子的另一端绑上自行车的内胎作为缓冲。”

“嗯？什么意思？”

“你也会钓鱼，应该知道啊，就是用内胎代替钓竿。因为钓竿会弯曲,发挥了缓冲的作用,钓鱼线才不会断裂。所以,如果草鱼力气太大,把绳子都拉走,就可以利用内胎避免钓鱼线被扯断。”

“好厉害啊。”

浦爷爷实在太厉害了,我无论如何都不可能想到这种方法。

“那要用什么鱼饵呢?”

“鱼饵啊,弟弟,你猜是什么?”

“我想不出来,草鱼是吃草的鱼,所以应该是植物,但只用草真的可以钓到鱼吗?”

“你说呢?”浦爷爷故意反问我。

“告诉我嘛,要用什么来钓?”

“……不瞒你说,我也不知道,所以我打算从金作的后院找点东西带过去。”

“后院?”

“对啊,像是小黄瓜、菠菜之类的。”

我太惊讶了,因为我从来没有想到能用蔬菜钓草鱼!

“同样是草,人类觉得好吃的东西,鱼也一定觉得好吃。”浦爷爷笑了笑后说道。

金爷爷也发表了意见:

“既然这样那就要用青江菜啊，青江菜是中国的蔬菜，草鱼一定很喜欢。”

“好主意！”

听到金爷爷的提议，大家都笑了起来，我也捧腹大笑。

“小拓，你相信吗？鱼居然会吞下这么大的鱼钩。”金爷爷仔细打量着手上的鱼钩说道。

大鱼钩在日光灯下闪着光。

“金作，别担心，我保证会帮你钓到。”刚才没有说话的浦爷爷开了口。

嗯？帮你钓到？我有点纳闷。浦爷爷是为了金爷爷才要去钓那尾草鱼吗？这到底是怎么回事？

金爷爷没有说话，只是打量着鱼钩，然后小声地说：

“如果真的能钓到就好了，我想再看一次中国的草鱼。”

浦爷爷默默点头。

我看着闪亮的鱼钩好久，好久。

我们钓到的大鱼

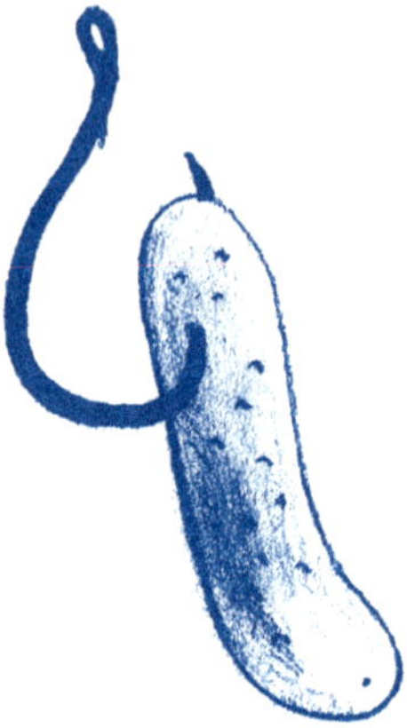

那一天是大晴天，天空一片蔚蓝，只有两三朵雪白的云朵。我骑着自行车前往矢作川，因为我们约好今天中午在那里见面，金爷爷和浦爷爷应该已经到了。

鲇鱼屋今天不开张营业，可见金爷爷他们真的是铆足了全力要钓大鱼。

我也全力以赴，虽然浦爷爷叫我什么都不必准备，但我在长裤下穿了泳裤，因为我猜想一旦巨大的草鱼上了钩，可能会被它拉进水中。

我冲下堤防，穿越桑田。

“金爷爷，浦爷爷！”我看到他们在河边的身影，情不自禁地大叫起来。

两个人转过头，向我挥着手。

“你们已经开始钓了吗？”

“没有，我们才刚到。”金爷爷说。

“能钓到吗？”我问。

浦爷爷笑着说：“哈哈，这就不知道了，但是越想就越觉得能成功的概率好像不大。”

“浦爷爷，这怎么行啊？如果你不真心想要钓到，就真的钓不到啦！”

“啊，对。”浦爷爷抓了抓头说，“弟弟，那你来帮忙，金作帮不了忙。”

“好。”

“老浦，我哪有帮不了忙？”金爷爷噘着嘴笑了起来。

我听从浦爷爷的指示在一旁帮忙。

首先，我们在河边打了一根木桩。浦爷爷带了两根像大人手臂那么粗的木棒，我用双手把木棒扶直，浦爷爷用另一根木棒把它敲进泥地。

“咚咚咚”的声音响遍整条河。

“草鱼会不会吓跑了？”

“现在可能逃跑了，但一个小时后它又会游回来。”浦爷爷确认着木桩是否坚固时说道。

然后，他利落地把自行车的内胎绑在木桩上，又绑上了绳子。浦爷爷又拿出钓鱼线和鱼钩开始做钓具，我退后一步看着他。因为是一点五米的大鱼，所以浦爷爷在绑钓鱼线时也格外小心。

“绑这么紧，应该没问题了吧。”

“不，这可未必，我以前也没钓过那么大的鱼，无法想象它到底有多大的力道。”

“对，毕竟比我还大！”

“但是，要鱼上钩才会有这个问题。”浦爷爷一脸严肃地回答，然后把钓鱼线紧紧绑在鱼钩上，探头看着纸袋问我，“弟弟，你喜欢小黄瓜还是菠菜？”

“我吗？我比较喜欢小黄瓜。”

“好，那就用小黄瓜。”

“呃，等一下，你是说，要用来当鱼饵吗？”

“没关系，反正没有人知道草鱼喜欢吃哪一种蔬菜，就

现在可能逃跑了，
但一个小时后，
又会游回来。
草鱼会不会吓跑了？

先用这个试一下。”浦爷爷把一整根小黄瓜挂在自制的大鱼钩上。

“钓不到可别怪我。”

“别紧张，最先想到的往往可以猜中。”浦爷爷把挂在鱼钩上的小黄瓜轻轻丢进水里。

“扑通”。

小黄瓜沉入水中后随即浮了起来，随着水流漂向下游的方向，浦爷爷立刻把绳子放长了。

“差不多就是这个位置吧。”

小黄瓜来到浦爷爷心目中的位置时，浦爷爷收起绳子，绑在脚下的草上。小黄瓜离开了水流，浮在淤水处。

“真希望可以钓到！”我说。

“是啊，但如果钓到的话，可就有的忙了。”浦爷爷说。

金爷爷可能觉得无聊，一个人去散步了，我和浦爷爷继续默默地看着河面。

时间一分一秒地过去了。

淡绿色的河水微微荡漾，仔细一看，原本以为只是淤水处，没想到竟不断有新的河水慢慢流进去。

太奇妙了。虽然是同一条河中的河水，但水的颜色会随

着河底的形状和石头的大小改变，反射头顶上的阳光时，水面的颜色也会不断变化。把双手伸进凉冰冰的水里，却又发现水并没有颜色。

水到底是什么颜色？

我忍不住思考这个问题，之前自然老师说天空和大海之所以是蓝色，是因为太阳折射的关系，但我不是很懂。

“浦爷爷，你觉得水是什么颜色？”我鼓起勇气问。

浦爷爷一脸为难的表情说：“这我就不知道了。”

“你不觉得很奇妙吗？虽然是同样的水，浅滩和水深的地方颜色不一样。”

“哈哈哈，对啊，太奇妙了。”浦爷爷说完，笑着看着我。“弟弟啊，河里的事，只要有不懂的地方，我都会问鱼。”

“呃？什么意思？”

“你会钓鱼就知道，只要看河就知道那里大致有什么鱼。”

“大致可以知道。”

“所以，相反的，只要知道那里有什么鱼，就可以了解河流的情况。”

“是吗？”

“是啊，像是能不能钓到鱼，要用什么鱼饵，水的温度如何，以及河里的虫子和植物的情况都知道。”

“浦爷爷，你好厉害，但你还是没有回答我水是什么颜色的问题。”

“不知道的话，就把自己当作鱼，用脑袋思考啊。”浦爷爷说完后笑了笑，再度看着河水深处。

把自己当作鱼……我想了一会儿。

我想象着自己变成了香鱼，变成了鲤鱼，但还是找不到答案。

鱼的视力很好吗？

嗯，视力一定很不错，因为它们只要看到我的影子就逃走了。

不知道鱼的眼睛看到的世界是什么样子。

像照相机的鱼眼镜头一样，整个世界都是圆的吗？

想了很久，我突然发现一件事。

“浦爷爷，问你一下。”

“嗯？”

“空气不是没有颜色吗？对鱼来说，水就像空气一样，所以水也没有颜色对不对？”听到我这么说，浦爷爷眯眼笑了起来。

“没错，绝对错不了。对鱼来说，水就是空气，水流就是风，浦爷爷，我说得对不对？”我自信满满地说。

浦爷爷笑着回答：“那要问鱼才知道。”

我感到心满意足，只要看自来水，就知道水是透明的，但我为什么对这么无聊的答案感到满足？这种感觉很奇妙。

“弟弟，是不是把自己变成鱼，就可以知道很多事？”

我不发一语地点了点头。

“我一直在想，为什么那尾草鱼会出现在这里？也许不光是因为人类放流的关系，而是有特别的理由，让它非在这里不可。说得更清楚一点，就是它是为了让我们钓，才会出现在这里。”浦爷爷说。

“为了让我们钓？”我问。

“虽然这么解释可能太一厢情愿……但金作提到中国的事，就会提到草鱼，可能是因此让我有了这种想法。”

原来浦爷爷在想这些事。

说句心里话，我很惊讶，我原以为浦爷爷是因为看到这么大的鱼而想要挑战，只不过是一场钓客游戏而已，但现在听来似乎不是这样。

“所以，那天我们看到的草鱼，也是特地出现在我们面前的吗？”

“对啊。”浦爷爷斩钉截铁地回答。

这件事非同小可，原以为今天钓鱼只是游戏，没想到浦爷爷却觉得是命中注定。我觉得难以相信，但是从这个角度思考的话，就觉得我能够遇到以前曾经陪爸爸玩过的金爷爷，又通过钓鲇鱼认识浦爷爷，以及现在会在这里钓草鱼，好像都是事先安排好的命运。

我越想越搞不懂了。

“金作在干什么？”浦爷爷突然问。

“他刚才走去那里了……我去找他。”

“拜托了。”

“如果钓到了，记得大声叫我。”我对浦爷爷的背影喊着，就去找金爷爷了。

我往堤防方向走去，很快就看到了金爷爷，他正站在上次我和浦爷爷发现草鱼的地方发呆。

“金爷爷。”

“嗨，小拓。”

“你在这里干什么？”

“没干什么，金爷爷不会钓鱼，所以来散步。”

“我们就是在这里发现草鱼的，它就浮在那里。”我指着银柳的位置。

金爷爷看着河流好一会儿，小声地说：

“没想到这条河里真的有草鱼。”

“金爷爷，可不可以告诉我你在中国看到的草鱼？”

我央求金爷爷说那尾两米长草鱼的事。

“并不是什么好玩的事。”

“没关系，说给我听嘛！”

金爷爷露出为难的表情，但很快说了起来。

“以前，金爷爷去中国参加开拓团，原本希望在那里闯出一片天。”

“嗯，这件事我听浦爷爷说了。”

“这样啊，金爷爷当初开垦的地方是一片荒野，根本没有大河，很难想象可以在那种地方开垦农田，所以金爷爷是在刚到中国的时候看到的草鱼。”

“刚到中国时？”

“对，虽说是刚到的时候，但其实到达之前搭了很久的船，走了很多路。我忘了那条河的名字，但真是一条大河，隔着河面几乎看不太清楚对岸的景物。河畔有一个小村庄，我曾经在那里休息。码头有一座木头小栈桥，渔夫的小船都停在那里。一开始我并不知道那是鱼，因为巨大的影子简直和船差不多了，直到那个影子突然浮出水面……”

“浮出水面？”

“对，不时可以看到它像扇子般的尾鳍游动的样子，所以金爷爷才知道那是鱼。”

“结果呢？”

“我当然走过去观察，就在栈桥前。嗯，差不多就在距离它五米的地方，我看到它的眼睛差不多像拳头那么大，也可以清楚地看到它身上的鱼鳞……”

“好猛啊，不会害怕吗？”

“哈哈哈，老实说，金爷爷当时还真有点害怕，双腿都忍不住发抖。”

“然后呢？”

“草鱼用它的大眼睛瞪着金爷爷，然后就慢慢、慢慢消失在水中。”

“太猛了！”我忍不住惊呼。

“嗯，金爷爷从巴掌大的日本去了中国大陆，亲眼看到大河和大鱼，真心觉得自己来到一个很了不起的国家。”金爷爷说完，拔起脚下的草，丢进了河里。

草叶在空中摇摇荡荡地飘动了几下，落在水面后，以一定的速度漂向下游。

“金爷爷。”

“嗯？”

“你从日本去了中国，但草鱼却是从中国来到日本，很奇妙吧？”

“是啊。”金爷爷静静地回答，然后又补充说，“小拓，金爷爷还算幸运，因为我毕竟回到了日本，但草鱼再也无法回中国去了。”

我恍然大悟。

浦爷爷说是为了金爷爷钓草鱼，这句话突然掠过我的脑海，也想起他说，那尾草鱼是为了让我们钓它，才出现在这里。

那是我似懂非懂的世界。

“小拓，我们一定要努力钓到。”金爷爷幽幽地说。

风把银柳吹得沙沙响，蓝紫色的影子飞过水边。

啊，是翠鸟！

就在这时，河岸响起浦爷爷的叫声。

“弟弟，找到金作没有？”

“浦爷爷，怎么了？”我大声叫着跑向河边。

“金作，弟弟，快过来！”浦爷爷大声叫着我们。

“小拓。”金爷爷一边跑，一边不安地开口。

“一定是浦爷爷钓到了！”

我们急得连滚带爬地冲下堤防，跑向浦爷爷所在的河边。

“浦爷爷！”

“你……你们看！”

浦爷爷右手握着一大把绳子，压低身体站着。他的动作不像在钓鱼，像是拉牛的牛仔。他右手的绳子笔直地向水中延伸，绳子的另一端就是那家伙。

“浦爷爷，你没事吧？”

“怎么可能没事？但也没办法啊！事到如今，只能和它比耐力了。”浦爷爷说完，笑了起来。

“就是它吗？”

“绝对错不了，就是它。我先用小黄瓜，后来又换了菠菜，最后换了青江菜。果然被金作说中了，青江菜才下水，它一下子就从水里探出头，一口咬住，把我吓了一大跳！”

浦爷爷一只脚踩在水里拉绳子，我和金爷爷则站在他的身后。

“有没有要我帮忙的？”我问。

“不用，但如果我被拉进水里，要紧紧拉住我，不管拉我的手或脚都可以。”

浦爷爷的表情很严肃，搞不好他真的会被鱼拉下水。

“老浦，加油！”金爷爷说。

“包在我身上！”浦爷爷回答说。

我目不转睛地看着浦爷爷紧紧拉着的绳子前端，绳子时左时右地摆动，不停颤抖，在三米的范围内活动，并没有超出这个范围，就这样过了很久。

“浦爷爷，还要很久吗？”

“不知道……”浦爷爷脸上已经收起刚才的从容，也不再说话。

“小拓……”金爷爷一脸不安地看着我。

“不会有问题的！”我说。

我们仍然一起站在那里看着河面。

浦爷爷巨大的背影就在我们面前，那是他正在和草鱼奋战的背影。

“啊呀！”浦爷爷突然叫了一声，跑向下游的方向。

他跑了五六步，又站稳了。他双腿的膝盖已经浸在水中，紧握着绳子的右手被用力拉扯，左右摆动着。浦爷爷用左手扶着右手，固定在腰旁，绳子被拉得笔直。

就在这时——

“完了！”

绳子突然松了，浦爷爷一屁股坐在地上。

钓鱼线断了吗？

不，不对！

是鱼突然游了起来，它竟朝向我们的方向游了过来！

浦爷爷拼命收起绳子，不让绳子松弛。鱼近在眼前。

哗啦！

巨大的鱼影一闪，发出柔和的光。绝对没错，就是那尾草鱼！

下一刹那，鱼影一口气向上游的方向游。浦爷爷立刻跟着草鱼，跑向上游。

浦爷爷放松绳子，拼命想要阻止草鱼继续游，手上的绳子快要放完了。

“金作，快！用镰刀把内胎割断！”浦爷爷大声叫着。

浦爷爷可能发现草鱼力大无比，立刻做出这样的判断。我急忙拿出镰刀交给金爷爷，金爷爷迅速将镰刀挥向内胎。

噗。

随着一记闷闷的声音，割断的内胎立刻飞了出去。

与此同时，浦爷爷把多余的绳子一圈一圈绕在右手上。他压低了腰，双脚用力踩在地上，拉成直线的绳子两端，分别是草鱼和浦爷爷，这完全是一对一的对抗。我和金爷爷只能在一旁守护，只见浦爷爷的脚一步、一步向前，一度走上岸的双脚又再度踏进水中。

“它还真顽强！”浦爷爷嘀咕道。河水已经淹没了他的大腿。

“没问题吧？”我担心地大叫。

浦爷爷前方的河流一片碧绿，河水看起来很深。

下一刹那，浦爷爷大叫一声：

“拉到底了！”

他已经无法继续往前走，握着绳子的右手已经笔直伸到前方，不能再继续向前伸了。浦爷爷慢慢用左手扶着已经伸到底的右手，用尽浑身的力气向后拉，然后慢慢把绳子扛在肩上用力拉。胜负就在眼前，绳子已经拉得像木棒一样直。

呼！

绳子突然松了下来，白色的绳子被水流冲成一个很大的弧度。

“浦爷爷，绳子断了吗？”

“不，它突然掉头了。”

浦爷爷急忙收起松弛的绳子。

太好了，草鱼还在另一端。

“现在已经没问题了！”浦爷爷回头笑着说。

“刚才把绳子拉直时，没有趁势逃脱是它的败因。”浦爷爷仔细确认手上收起的绳子，绳子渐渐收回到浦爷爷的手上。

“不要大意。”我说。

“接下来也不可能很顺利，只是它不能再像刚才那样跑了。”浦爷爷说话的声音听起来从容多了。

自从鱼上钩之后，已经过了三十分钟。

金爷爷和我站在浦爷爷的身后，紧紧盯着白色的绳子看。

哗啦！

水中的鱼发出微光。

好大！绝对错不了，就是上次的草鱼！

“弟弟，就是上次那一尾吧？”浦爷爷说。

“没错，就是它。”我回答。

“金作，怎么样？没骗你吧？”浦爷爷兴奋地说。

“……”

金爷爷没有回答，他微微张着嘴，睁大双眼，视线追随着草鱼的身影。

“浦爷爷，现在怎么样了？”

“接下来就是时间的问题了，那家伙应该已经不想逃了。”

“你知道？”

“当然知道，像现在这样露出肚子就代表它已经认输了。”

浦爷爷在说话时，仍然不忘收紧绳子。草鱼已经出现在我们眼前，可以清楚地看到它的眼珠子和鱼鳞。我的心跳越来越快。

“弟弟，不好意思，帮忙拍一下我的腿。”

“啊？”

我低头一看，发现浦爷爷的双腿在微微发抖。

“说来丢脸，这是我第一次看到草鱼，两条腿忍不住发抖。”

“我也是啊。”我在回答时，拍打着浦爷爷颤抖的双腿。

“真伤脑筋，越是觉得不能让它逃掉，两条腿就越发抖。”

“即使逃掉了，也没办法啊。”

“那可不行，这是我们三个人的鱼。今天让它逃走了，可能再也没机会了。”浦爷爷说着，又向下游的方向走了两三步。

草鱼不时露出好像扇子般的尾鳍,“扑通”一声潜入水中,但很快又浮出水面。

“它也累了，但它的眼睛可没死，打算在我们抓它的最后一刻挣扎。”

“最后一刻？”

“因为我们没有可以捞它的网，我等一下会把它骗到芦苇的浅滩里,它的后背就会露出来,之后还有一场硬仗要打。”

“要怎么办？”

“很简单，就是我们三个人合力按住它。”

虽然浦爷爷故意说得很轻松，但我立刻能够想象那是多么困难的事！草鱼看到我们一定会挣扎，况且即使我们想要按住它，它力大无比，而且身体滑溜溜的，我们也完全没有胜算。

我在想这些事时，浦爷爷又和草鱼交手了好几个回合，终于把草鱼拉上了浅滩。浅滩上的草鱼看起来比在水中时更大，而且更可怕。它露出疲态，张大了嘴巴，但从它不时甩头的样子可以察觉它随时准备伺机而逃。

“弟弟，你拿这个。”浦爷爷把连着草鱼的绳子交给我。

“等……等一下。”我慌了手脚。

“没问题，它已经没有力气把你拖下水了。”

“不是，万一我搞砸了。”

“哈哈哈，刚才是谁说它逃掉就算了？”

“这不一样啊。”

我哭丧着脸，把绳子绕在右手上。当绳子拉紧时可以感受到草鱼的动静，我的心跳更加速了。

浦爷爷看着草鱼，利落地解开了衬衫的扣子。白衬衫下露出老人黝黑的皮肤，虽然没有光泽，但很精壮结实。

“要用这件衬衫压住它，因为鱼的身体太滑了。”浦爷爷说完，跑向堤防。

“你要去哪里？”我不安地大声问道。

“我要绕到它后面，这里拜托你了。”

浦爷爷跑上堤防后，经过支流的家下川，沿着长满芦苇的河岸前进，然后从水深处慢慢游了过来。不知道是因为受到水流的影响无法游得太快，还是不想惊动大草鱼，我觉得过了很久，越等越着急。

草鱼每次缓缓活动时，我的心跳就跟着加速。

“金爷爷，应该没事吧？”我看着草鱼问金爷爷。

但是，没有人回答。

“金爷爷？”

回头一看，我发现金爷爷仍维持和刚才相同的姿势瞪着草鱼，像是完全忽略了我的存在，也听不到我说话。

“金爷爷……”

我内心感到不安，金爷爷好像不太对劲，他盯着草鱼看，一动也不动。

这时，浦爷爷已经游到浅滩。他伏低身体，以免被草鱼察觉，双手紧握衬衫。

终于到了关键时刻。

我考虑到万一的情况，先把绳子在木桩上绕了好几圈，然后用力深呼吸。

从草鱼上钩到现在，到底过了多久？一个小时，还是两个小时？我完全没有概念。一阵大风从河面上吹来，如今这条河旁只有我们三个人，接下来无论发生什么事，都只有我们三个人知道。

浦爷爷突然大叫一声：“呜啊！”他的双手拉开白衬衫，扑向草鱼，溅起了很多水花。

草鱼慌忙想要逃走，我的双手用力拉紧。

“才不让你走！才不让你走！”

除了哗啦哗啦的水声，我还听到浦爷爷的大叫声，但浦爷爷的声音不时没入水中，不难想象他正和鱼缠斗得很辛苦。

“没问题，没问题的！”我带着哭腔大叫。

但浦爷爷似乎听不到我的声音。

浦爷爷抱住了草鱼，扭成一团，但似乎没有绝招可以制服草鱼，正在伤脑筋。

浦爷爷大叫着：

“不行，这样没办法。”

他似乎无法一个人制服草鱼，我的右臂剧烈摇晃着。

“金作！金作！”浦爷爷大声叫着金爷爷，要他来帮忙。

但是，金爷爷……

就在这时，金爷爷突然跑了起来，他突然捡起地上的另一根木桩，朝着正在和浦爷爷缠斗的草鱼奔过去。他一路踩着水，溅起很多水花。他跑到草鱼面前，他张开双脚，用力深呼吸。

金爷爷的身体用力摇晃，浦爷爷也满脸惊讶地抬头看着金爷爷，似乎不知道他要做什么，草鱼则用力甩着头挣扎。

金爷爷双手握紧木棒，缓缓举了起来。

“咚咚”。

只听到一记沉闷的声音，金爷爷举起的木棒打中了草鱼的头。

草鱼用力扭动着全身。

“咚咚”。

“咚咚”。

金爷爷更激烈地用木棒敲向草鱼。

“咚咚”。

“咚咚”。

“咚咚”。

我放松了手上的力气。

一切就在莫名其妙中结束了。金爷爷不断猛敲草鱼的头，为我们的钓草鱼行动画下了句点。

“咚咚”。

“咚咚”。

“咚咚”。

沉闷的声音继续不断响起。

咦？为什么……？

草鱼早就已经翻开白色肚子，一动也不动了。

“咚咚”。

“咚咚”。

“咚咚”。

我跑到金爷爷、浦爷爷和草鱼前，浦爷爷站了起来，默默低头看着草鱼。草鱼躺在他们脚下，翻着白肚子，从鱼鳃流出的鲜血渐渐染红了衬衫。

“咚咚”。

“咚咚”。

金爷爷仍然继续敲打草鱼，一脸可怕的表情，用尽全身的力量敲打着。

“金爷爷，别打了！”我终于忍不住大叫着。

金爷爷的手终于停了下来，他握着木棒的手垂着，不停颤抖着。

“金爷爷？”

我吓坏了。

因为金爷爷哭了，他皱着涨得通红的脸，大滴泪水扑簌簌地流了下来。

为什么？

金爷爷为什么哭了？

这是我第一次看到大人露出这样的表情哭泣。

浦爷爷低着头，不发一语。

我完全无法理解眼前的状况，只感到越来越害怕。

回家吧。

我离开河边，离开了站在那里的两个老人和躺在地上的草鱼，哭着冲向堤防。

我心里很不舒服。

如果可以，真希望用一根钓线和草鱼战到最后一刻。

如果可以，真希望抓到活的草鱼。

如果可以……

虽然好不容易钓到草鱼，但我的心好像铅一样沉重。

被夕阳染红的天空下，我用力踩着自行车。远方的河流宛如什么事都没发生般静静流动着，眼前的一切都让我难以置信。

我们到底想要钓什么？

我们到底钓到了什么？

我一次又一次向吹到面前的风发问。

拂过我湿润脸庞的风虽然很凉，却没有带给我任何答案。

第二天，我一整天都待在家里，也没有抬头看天空。我在自己的房间发呆，不时坐起来看鱼类图鉴。这是自放暑假以来，我第一次从早到晚都没有走出家门。

二楼窗外不间断地传来油蝉的叫声，平时还觉得油蝉的叫声很干脆有力，今天我听来却觉得有点慵懒模糊。

为什么会发生这种事？

真怀念每天想着草鱼的日子，甚至觉得是很久以前的事。虽然好不容易钓到了草鱼，但为什么这么郁郁寡欢？

金爷爷的脸浮现在我眼前，那是他对我说“这里有西红柿”时的表情，那是他露出亲切笑容的表情，而不是像魔鬼般敲死草鱼时的金爷爷。

没错，那才不是金爷爷！我努力这么告诉自己。

油蝉的叫声似乎变成了大合唱。它们好像躲在庭院的梧桐树上。我从窗户探出身体张望，唧唧唧的叫声立刻停止了。

从对面邻居家门前的电线杆上，也传来油蝉的叫声。油蝉在从二楼窗户望出去的风景中叫着，仿佛整座城市都在哭泣。

多么凄惨的声音。

油蝉的声音似乎诉说着傍晚的城市正在苦恼，我在这座被夕阳余晖染红的城市中看到了人影。

啊，是浦爷爷。

浦爷爷出现在差不多隔了十户的住家围篱前，他已经做完园丁的工作，正在收拾东西准备回家。

我原本打算今天一整天都不和任何人见面，但看到浦爷爷后忍不住动摇了。我冲下楼梯，慌忙穿上拖鞋，冲出玄关。

转过烟店的街角，浦爷爷正在把梯子绑在小货车上。

浦爷爷……

我鼓起勇气想要叫他，却叫不出声音。

过了一会儿，浦爷爷发现了我。

“弟弟……”

浦爷爷拿下绑在头上的毛巾，不发一语地抓着耳朵上方，然后邀我坐在小货车的载货台上。

“弟弟，昨天真不好意思。”

“不，是我不好意思，一个人先走了。”

“你吓坏了吗？”

“有一点。”

浦爷爷从口袋里拿出香烟，用火柴点了烟，吐出一口白色的烟。天色渐渐暗了。

“怎么样？现在要不要去金作那里？”浦爷爷问。

“现在？”我不知道该怎么回答。

我觉得现在去见金爷爷有点害怕，而且也没有做好心理准备，但是如果现在不鼓起勇气去看他，恐怕之后也不会再去了。

“浦爷爷，金爷爷还是以前的金爷爷吗？”

浦爷爷笑了起来，默默地点点头。

“我去，我要去。”

浦爷爷开着小货车，我坐在副驾驶座上。小货车一路摇晃着驶上矢作川的堤防，直奔天神桥。我回头一看，夕阳几乎已经下沉，天空一片火红，整座城市都笼罩在暗影中。

“你不向家人打招呼没关系吗？”浦爷爷问。

我默默点了点头。

右侧是一片河岸，隔着竹林可以看到矢作川。河流的颜色很深沉，我觉得矢作川已经抢先一步迎接了夜晚。

“金爷爷在店里忙吗？”我问。

“嗯……今天是……”浦爷爷有点吞吞吐吐。

“怎么了？”

“今天是金作的欢送会。”

“啊？金爷爷要出远门吗？”

“别紧张，不是你想的那样。”浦爷爷用力摇头回答。

我松了一口气。

浦爷爷看到我的反应，促狭地笑了起来。

“你以为金作要去哪里吗？”

“我以为是很远的地方，比方说……”

我的脑海中浮现出金爷爷之前提过的中国。

“和你想的相反，金作昨天从中国回来了。”浦爷爷说完，默默打开车窗。

车内满是青草的味道。

“金作虽然住在这里，但他的心可能一直留在中国。昨天钓到草鱼后，他自己才发现这件事。”

“浦爷爷，你以前就知道吗？”

浦爷爷什么都没有说。

堤防的路弯弯曲曲，我的身体也跟着摇晃起来，但车子的震动渐渐让我有一种舒服的感觉。

“所以，今天是离开中国的欢送会。”我自言自语地说完，打开车窗，把身体探了出去。车外的强风吹在我的额头上，吹乱了我的头发。在傍晚的微妙时光中，我感受着淡淡的河水味道。

小货车在天神桥左转，驶下坡道，在鲇鱼屋的红灯笼前停下。我慢慢下了车。

我的心跳得很快，越跳越快。

店内传来几个男人的笑声，他们似乎在喝酒。我有点害怕地看着浦爷爷，但浦爷爷露出亲切的表情看着我，用眼神示意我进去。

我钻过绳帘，“嘎啦嘎啦”打开了门。

迎接我的是一片橘色的灯光，和几个男人“噢”的声音和掌声。

浦爷爷推了推我的后背。

那几个男人站了起来，围住我和浦爷爷，七嘴八舌地说着什么。他们似乎在问钓草鱼的事，但是我完全听不到他们的说话声，因为我的眼睛一直看着厨房。

金爷爷在那里。

站在吧台后的金爷爷一发现我，立刻停下忙碌的双手看着我。我拨开那几个男人，跑向金爷爷。

我们隔着吧台相互注视，金爷爷的眼神很温柔。

但是，我们两个人都说不出话。

金爷爷突然想到了什么，拿了一个泡在水里的红色西红柿递给我，湿湿的西红柿和金爷爷的手在灯光下发亮。

我接过西红柿，这颗西红柿很沉，又红又亮。金爷爷用双手摸着光头，害臊地笑了笑。我不发一语，咬了一口西红柿，那是甜蜜的夏天的味道。

一切都和之前一样。

回头一看，浦爷爷在那几个男人的央求下说起了钓鱼的事，后方的桌子上堆满了各种章鱼料理。

墙上一张差不多和榻榻米一样大的白布，上面贴着章鱼的鱼拓。我仔细一看，发现鱼拓下方写了一行小字，“钓鱼者：金作、浦野、拓也。”

我又咬了一口西红柿。

那年夏天，西红柿的甜味令我印象深刻。